溺愛幼なじみと指輪の約束

プロローグ

「ほら、渚《なぎさ》、指を出せ」

そう言われたとき、相沢《あいざわ》渚は彼に見惚《みと》れているところだった。

彼——目の前に立っている七つ年上の幼なじみ、近藤樹《こんどういつき》は、大学を卒業して社会人になったばかり。勤め始めてから毎日スーツ姿を見るようになり、渚は彼と会うたびにいつも、つい見入ってしまう。

春うらら。四月下旬の午後九時。

渚が自分の部屋で宿題をしていると、なんの予告もなく会社帰りの樹がやってきた。

社会人一年生の樹に対して、渚は高校一年生。

通っているのはまずまず名の通った進学校なので、気が抜けないし宿題も多い。それを知っている樹は、渚の勉強の邪魔をしてしまったかと感じたようだった。彼が一瞬申し訳なさそうな顔をする。

勉強中なら帰ると言われたら大変だ。渚は急いでノートを閉じ、もう勉強は終わったよと笑顔を見せる。

帰るといっても、樹の家はお向かいさん。両親同士の仲が良く、お互い一人っこのためか、彼は小さな頃から渚を妹のようにかわいがってくれた。渚も、樹を兄みたいに慕《した》い続けている。

実際、樹はとても頼りになる幼なじみで、頭が良く責任感に溢《あふ》れたしっかり者。

学校の勉強も、いつも彼が見てくれた。なんでも話しやすいし相談にのってくれるので、渚は進路相談を両親より先に樹にしていたほどだ。

樹を兄のように頼りにする一方で、渚は成長するごとに大きくなる樹への想いを抑え続けていた。

その彼が言った「指を出せ」という言葉に、渚は首を傾《かし》げる。

（指？　手でしょう？）

机に向かっていた渚は、両方の手のひらを上に向けて樹の前へ差し出す。彼を見つめる瞳は期待でいっぱいだった。

そんな彼女を見た樹は、不思議そうな顔をしてからクッと喉《のど》を震わせ、小さく笑い出したのだ。

「な、なんで笑うの」

「なんでってお前、そんな目で両手を出すから」

「だって、いつもみたいにお菓子でもくれるのかと思ったんだもん」

笑われたということは、どうやら渚の勘違いらしい。ちょっと恥ずかしくなって手を引っこめる。

すると、樹は笑うのをやめて渚の頭をポンポンと撫《な》でた。

「ごめん、ごめん。でも、あげたいものはあるんだぞ」

そう言って、彼女の髪をくしゃくしゃっと混ぜるように撫でる。渚の髪型は、黒髪ストレートのミディアムロング。今日は、前髪に留めたハート形のチャームつきヘアピンがワンポイントだ。

髪の毛がぐちゃぐちゃになってしまいそうなものの、彼に撫でてもらっているのが嬉しくて、渚はえへへと笑った。

「あっ、もしかして、これを見てお菓子だと思ったのか？」

樹は、ビジネスバッグと一緒に持っていたコンビニの袋を前に出す。彼は渚の部屋へやってくるとき、必ずお菓子やジュースを持ってきてくれる。そのため、渚はコンビニ袋の中身をお菓子だと思いこんだのだった。

渚がこくりとうなずくと、樹は彼女の頭から手を離した。そしてコンビニ袋をよく整った顔の横に掲《かか》げ、ちょっと意地悪な表情をする。

「これ中身はビールだぞ。いる？」

「いっ、いらないよ」

からかわれているんだとわかっていても、突発的な出来事に弱い渚は慌ててしまう。ショートパンツから出た膝頭に両手を置いて、渚は拗《す》ねたように唇をすぼめた。

だが、そうすると彼の発言の意味するところはなんだろう……

樹は指を出せと言った。

（指に引っかけられる……お菓子？）

渚の頭に浮かぶのは、輪の形になったスナック菓子や、駄菓子屋で売っているミニドーナツ。

渚は視線を上げて不思議そうに目をぱちくりとさせる。すると、樹が再びクッと喉を鳴らした。

「そんなに悩むな。渡しづらいだろう」

「渡しづらいお菓子……？」

「お菓子から離れろ」

樹は鞄《かばん》とコンビニの袋を足元に置く。そして膝頭を掴んでいた渚の左手を取り、自分の前へ引っ張った。

「指開かないと、やらないぞ」

「う、うん」

いったいなにをくれるのだろう。樹がスーツのポケットに手を入れているあいだに、渚は手のひらを上にしてそろりと指を伸ばす。

ポケットから手を出した樹は、渚の手を見て一瞬なにかを考えこむ素振りを見せた。だがすぐに「まあ、いいか」と呟き、彼女の手のひらにキラリと光るものを落とす。

「え？」

渚は目を見開いた。手のひらの中央で輝いているのは、スナック菓子でもミニドーナツでもない。目を惹《ひ》きつける、小さな銀色の指輪だ。

樹の手が離れると、渚は左手の下に右手を添え、指輪を目の前へ持ってきてまじまじと眺めた。

予想外にもほどがある。

まさか樹が指輪をくれるなんて、思ってもみなかった。

「実は今日、給料日だったんだ」

言葉が出ないまま指輪を見つめていると、樹が口を開く。彼に目を向けた渚は、胸をギュッと鷲《わし》掴《づか》みにされたような衝撃を受けた。

樹が、いつもの大人っぽい彼とどこか違う、はにかんだ笑みを浮かべていたのである。

（樹君……、かわいい）

樹は七つも年上の男性だ。そんなことを言えば、彼はムッとするかもしれない。

けれど、そう思わずにはいられなかった。十六年近く彼の幼なじみをやっていて、こんな表情を見たのは初めての気がする。

「なんていうか、社会人になって最初にもらった給料だし、渚に、なんか記念になるものを買ってやりたいなって思ってさ」

「わたしに……？」

彼の表情にときめいていた胸が、ギュッと締めつけられる。

社会人になって初めてのお給料。今まで『バイト代もらったから、ケーキバイキングに連れてってやるぞ』と言ってくれたことは何度もあった。しかし初任給となれば、どことなく重みが違う。

それも、彼がくれたのは、黄緑色の小さな宝石が埋めこまれた指輪。フラットタイプで唐草《からくさ》の飾り彫りが施《ほどこ》されたデザインに、渚は大人っぽさを感じずにはいられない。

しかしふと、彼女の頭に不安がよぎる。それが顔に出ていたのだろう。樹が慌てたように口を開いた。

「あっ、心配するなよ。それ、プラチナっていう材質だからさ。着けていてもかぶれを起こさないはずだ」

「プラ……チナ？」

「渚さ、シルバーとかだと肌がかぶれるだろ。アクセサリー売り場の人に聞いたんだけど、プラチナは、ほら、あの……ずっと着けていることが多い結婚指輪なんかに使われている材質で、金属でかぶれる人でも着けられるらしい」

アレルギーというほど大袈裟《おおげさ》なものではないが、渚は金属にかぶれやすい肌質をしている。そのせいで、シルバーや金メッキを使用した手軽なアクセサリーは着けられず、女の子として少々寂しい思いをすることもあった。

服の上からでも着けられるペンダントなどと違い、指輪は肌に直接触れる。だから今まで持っていなかったのだ。樹がくれたこの指輪は、人生で初めて手にした自分の指輪だ。

樹は、渚を気遣ってプラチナを選んでくれた。しかも結婚指輪に使われている材質だと思うと、なんとも言えない特別感を覚える。

（嬉しい……）

渚の鼓動《こどう》が、うるさいくらいに騒ぎ始める。

幼い頃からずっと大好きな樹が、自分のために指輪を買ってくれた。

妹のようにしか思われていないのをわかっていても、募《つの》り続ける恋心をどうすることもできない幼なじみ。

大好きな、樹が……

「凄く、嬉しい……」

渚は指輪を両手で握り、胸にあてる。呟いた直後、涙が零《こぼ》れて頬を伝った。

「嬉しいよ樹君。ありがとう……」

「渚……」

「わたし、こんな……こんな凄いもの、樹君にもらえると思ってなかった。……本当にありがとう。大切にするね」

「いや、渚が喜んでくれるなら、俺も嬉しい」

渚が泣いてしまったので、樹は少々慌て、机の横にあったティッシュボックスからペーパーを引っ張り出して彼女の鼻にあてた。

「ほら、泣くな。鼻水垂れるぞ」

「うん、ありがと……。ごめんね、泣いたりして……」

「……お菓子を買ってきたときみたいに、『わーい、ありがとー』で終わるかと思ってたのに」

「そんなわけないよ……」

鼻水より涙を拭《ふ》いてくれるほうがロマンチックだなあ……。そんなことを考えながら、渚は自分でも鼻にあてたティッシュを押さえる。

（わたしも、樹君のためになにかしてあげたい）

渚はふと、そんなことを思う。樹はいつも、渚のために色々としてくれる。勉強を教えてくれたり、悩みを聞いてくれたりするだけではなく、買い物や遊びに連れていってもくれる。

七つも年上なのだから、妹みたいな女の子によくしてやるのは当たり前。彼はそう考えているのかもしれない。

だが、それだけでは駄目だ。

一生の記念になるだろうものをもらった。自分も、彼が一生の思い出にしてくれるようなプレゼントがしたい。

「でさ、渚……。指輪のついでってていうのも、なんなんだけど――」

「樹君、わたし、決めた！」

樹はなにかを言おうとしたらしい。しかし渚は気持ちが盛り上がり、彼の言葉を遮《さえぎ》ってしまった。

「ん？」

「わたしね、……わたしも社会人になって、初めてお給料をもらったら、樹君にプレゼントする！」

「俺に？」

「うん！　樹君が言ってくれたみたいに、なにか記念になるもの。一生の思い出になるような……、なんて言うのかな、樹君が絶対にこれが欲しかったたって思えるものを、プレゼントするね！」

渚は力説する。樹が言おうとしていた内容は気になったが、今は彼に一生の思い出に残るプレゼントをする、という目標の方が大事だ。

指輪とティッシュを握りしめたまま、渚は椅子《いす》からぴょんと下りて樹の前に立つ。

一八〇センチの樹と、一五三センチの渚。少しでも彼に近づけるよう、渚は精一杯背伸びをする。

「だから、それまでに樹君が欲しいもの、考えておいてね。あっ、でも、車とかそういうのはナシ。

わたしができる範囲のことにしてよ？」

樹になにかしてあげられると思うだけで楽しくなる。渚がはしゃいでいると、彼はふっと微笑んだ。

「わかった。そのときまで楽しみにしてる。渚、忘れるなよ」

「忘れないよ。樹君も忘れないでね」

いつも自分を気にかけて優しくしてくれる大好きな樹に、恩返しができるかもしれない。考えただけでドキドキする。それを実現する日を思って、渚の胸はさらに高鳴った。

指輪を握りしめる手が熱い。渚は浮き立った気持ちのまま、小指を差し出した。

「樹君、指きりしようっ」

「指きりって……。なんだかガキっぽいな」

「いいでしょう。ほらほらっ」

渚はうきうきしながら樹の右手を取り、自分の小指と絡《から》めようとする。すると、彼は自分から指を絡ませて、渚を見つめ少し意地の悪い笑いかたをした。

「本当に忘れるなよ、渚。約束だぞ」

「忘れないよー。約束ね！」

手の中にある指輪と、大好きな樹と交わす約束。

それは、渚の大切な思い出になった――

第一章　大好きな幼なじみ

春の陽射《ひざ》しがまばゆい、四月末日の金曜日の朝。

相沢家の食卓では、ほかほかの白いご飯とお野菜たっぷりのお味噌汁《みそしる》が湯気《ゆげ》をあげている。

それと一緒に、出汁《だし》巻《ま》き玉子や夕食の残りの煮物が並ぶ。

天気のおかげか、今朝はとても暖かく、朝食もなおさら美味《おい》しそうに見えた。

こんな日は、今週最後の一日の仕事を頑張ろうという気持ちを養うため、ゆっくりと穏やかに朝食を楽しみたいものだ。

……と、渚は一瞬だけ考えた。

しかし、食卓の前に立った彼女は、いきなり味噌汁椀の中へご飯を落とし、ひと混ぜして勢いよく食べ始めた。

「渚っ、せめて座りなさい。行儀が悪いっ」

「らって、遅れそうらんらもんっ」

エプロンで手を拭《ふ》きつつ、呆《あき》れ顔でキッチンから顔を出す母に、渚は言葉を返す。

口の中に入っていたものは呑みこんでから反論したが、急ぐあまりおかしなしゃべりかたになってしまった。

「ほんとにもう。社会人になっても、やってることは学生のときと同じねえ」

「そんなことないよ。前はスプーンでかっこんでたけど、今はちゃんとお箸《はし》を使ってるもの。ほらほら、大人でしょう」

外見だって、黒のフレッシャーズスーツに、首元までしっかりとボタンが留められたブラウス。嫌味のないナチュラルメイクで、つやつやとした黒髪はミディアムロングのストレートヘア。真面目な社会人一年生に見えるに違いない、と渚は思う。

とはいえ、母はどうも納得してくれてはいないようだ。

「あんたのことだから、お父さんがいたら車で送ってもらおうとか思ってたんでしょう？」

母の言葉に、渚は食べながら肩をすくめる。

——図星だった。

渚がこの四月から勤めている建設会社は、マイカー通勤をしている父の通勤ルートの途中にある。だから遅刻回避の手段は、父に送ってもらうというのが最良だった。だが、渚が着替えてリビングへ下りてきたとき、父はすでにいなかったのだ。

こうなったら、バス停へ急ぐしかない。

「お父さんが甘いからって、いっつも頼りにしちゃって。こんな調子でちゃんとお嫁にいけるのかしら。早くもらい手が見つかるといいんだけど」

「ちょっとお母さん、かわいい一人娘を、さっさと追い出そうとしないでよ」

「自分でかわいいとか言う？　まあ、お嫁にでも行ったほうが、少しはしっかりしてくれるんじゃないかしらね」

「残念ですが相手がおりません。お母様っ」

渚はキッチンを振り返り、おどけて敬礼をする。母親の前だから恥ずかしくて隠している、というわけじゃない。

渚には、今まで彼氏と呼べる異性はいなかった。

気のある素振りを見せたり、言い寄ってきたりした男の子はいた。ただ、彼女にその気がなかっただけだ。

それにはもちろん、幼い頃から胸に秘め続けた想いが深く関係している……

「情けない自慢ねぇ。そのせいで、朝帰りする娘を心配する——なんて母親の定番イベントを経験できないままよ」

「や、やぁね、朝帰りならたまにしてるじゃない。先週の土曜日だって、帰ってきたのは朝の五時だったし」

「お向かいの家で眠りこけて、朝になってから帰ってくるっていうのとは、意味が違うのよっ」

予想通りのツッコミが入り、渚は「えへへ」と笑って誤魔化した。

「でも、朝帰りは朝帰りだよ。ほらほら、お母さん、心配するチャンス」

「あら？　心配してもいいなにかがあるの？　樹君と」

「あっ、あるわけないでしょうっ！」

渚は慌てて否定をする。からかったつもりが、すっかりやり返されてしまった。

朝まで眠りこけていても平気なほど、渚はお向かいの近藤家に馴染《なじ》んでいる。樹にも『うちの親、実の息子より渚のほうがかわいいみたいだ』と言われたくらいだ。

幼い頃、渚は両親が共働きだったせいで、親がいない時間帯は近藤家ですごしていた。学校が終わると近藤家に上がりこみ、ご飯を食べてお風呂に入って、樹に勉強を見てもらい、話をしているうちに寝てしまう。それが、高校に入学するまでの日常だったのだ。

渚が中学を卒業する頃に、母親が仕事を辞めた。勤め先に不満やトラブルがあるようではなかったが、一人娘が年頃になってきたのに傍《そば》にいられないことを気にしたらしい。

いくら幼なじみが頼もしい相談相手だとはいえ、相手は歳の離れた異性。思春期ともなれば母親にしか言えないような甘酸っぱい悩みなども出てくるのではないか。……そう、心配する気持ちもあっただろう。

ただ、いいのか悪いのか、その心配は杞憂《きゆう》に終わっている。

母が家にいるようになってからは、渚が毎日近藤家に入り浸《びた》ることはなくなった。それでも相変わらず樹とは仲良しで、遊びに行っては彼と話しこみ、いつの間にか眠りこんで朝になってしまうことが日常茶飯事。母親にしかできない恋愛関係の相談など、今のところない状態だ。

「そういえば、樹君のお母さんも同じようなこと言ってたわ。『うちの息子は仕事ばっかりで、もう三十歳になるのに彼女もつれてこない』って。樹君、男前なのに。そういう人いないのかしら。ねえ？　渚」

話をふられたものの、あまり触れたくない話題だった。樹を想いつつも妹という枠から出られなくなっている渚には、想像するだけでも辛い。

彼女は食べることに夢中になっているふりをして、無言になる。少ししてから味噌汁《みそしる》椀を口から離し、何気なくキッチンへ目を向けた。すると、なぜか寂しそうな顔をした母と視線が合ってドキリとした。

(お母さん?)

渚がうろたえていると、母は苦笑いをして話を変える。

「……お勤めするようになってから寝坊するなんて初めてじゃないの?　夜ふかしでもした?　一カ月目にして、もう気が緩んだのかな?」

「うん……、ちょっと考え事しちゃって……。眠れなくてね」

話題が逸《そ》れたので、渚はホッとした。母がどうしてあんな寂しそうな顔をしていたのか、考える余裕はなかった。

「考え事?　どうしたの、会社でなにかあるの?」

「あ、ううん。そういうわけじゃないんだけど」

キッチンから出てきた母は、渚の前にお茶が入った湯呑みを置き、心配そうな顔をする。なんだかんだと小言を言うが、やはり一人娘のことは気になるようだ。

結局は、父と同じで娘に甘い。

渚は食べ終えたお椀をテーブルへ置く。湯呑みを手に取りお茶をすすってから、えへっと笑ってみせた。

「ほら、今日は初めてのお給料日でしょう？　だからちょっと緊張しちゃったんだ」

「まあ」

母も一緒にアハハと笑うが、すぐに声のトーンを落とす。

「……せっかくの初任給なのに……。ごめんね」

「お、お母さんっ、まだ言ってるの？　もういいってば。そんなに何回もしんみりされたら、プレゼントしたわたしが申し訳なくなるでしょう」

渚は腕時計を確認しながら湯呑みを置き、足元に転がしておいたショルダーバッグを肩にかける。

つい話しこんでしまったが、時間がないので急がなくては。

「ごちそうさま。いってきます」

軽く手を上げ、そそくさとリビングのドアへ向かう。渚は一度廊下に出たが、すぐに顔だけキッチンに出し、母に笑いかけた。

「ゆっくりしてきてよ。お土産《みやげ》は、温泉まんじゅう以外のものでヨロシクッ」

そう言って顔を引っこめ、渚は急いで家を飛び出す。早くバス停へ行かなきゃならないのはもちろんだが、先ほどの自分の言葉がちょっと照れくさかったのだ。

今日は、社会人になって初めての給与支給日。いわゆる、初任給というものをもらえる日だ。

渚はそれに合わせて、今日から二泊三日の温泉旅行を両親にプレゼントしていた。

行き先は、父の車で行ける近場の温泉。それも、夫婦パックというプランを利用している。

新社会人の初任給で無理のない範囲のものなので、目を瞠《みは》るような豪華な旅行ではないが、両親はとても喜んでくれた。

父などは張り切って、今日の午後から休みを取ってしまったほど。

ありがちだが、今までかわいがって育ててくれた両親に、渚はなにかプレゼントがしたかったのだ。

ささやかな感謝の気持ち、とでも言おうか。

そして渚には、その感謝の気持ちを受け取ってもらいたい人物が、もう一人いる。

昨夜眠れなかったのは、その人物になにをプレゼントしたら良いだろうかと悩んでいたのが原因だった。

「なにが欲しいのかなあ……」

渚は呟きながら足を速める。精一杯急いでいるつもりなのだが、パンプスでの速歩きではたかが知れていた。スニーカーを履《は》いた男子高校生にゆうゆうと追い抜かされ、気持ちが焦《あせ》る。

それと同時に、プレゼントを早く決めなくちゃという思いも募《つの》った。

感謝の気持ちをプレゼントしたいのは今日なのに、肝心《かんじん》の品物がまったく決まっていない。

彼の好みはわかっている。好きな食べ物、好きな車、好きな曲、服の好み。けれど、欲しがっているものは思いつかない。さりげなく聞き出そうとしたこともあったが、これというものは出てこなかった。

おまけに、思いつくのは日用品ばかり……

（まさか、シェーバーの替刃だとか、お気に入りのコーヒー豆だとかをプレゼントするわけにも……）

渚が考え事をしながら足を進めていると、横の車道に停まった車にいきなりクラクションを鳴らされた。考え事に集中するあまり車道に寄りすぎていたのだろうか。車に目をやった途端、渚は飛び上がらんばかりに驚いた。

そこに停まっているのは、とても見覚えのある車だった。助手席の窓がさがり、楽しげな笑い声が聞こえてくる。

「なーに、固まってるんだよ。驚きすぎだぞ」

そう言われると、渚は驚いてしまった自分が恥ずかしくなった。それでも、意地を張ってムッと顔をしかめる。

渚は窓から中を覗きこみ、運転席に座る樹を睨《にら》みつけた。

「いきなりクラクションを鳴らされたら驚くよ。普通」

「悪い、悪い。お詫《わ》びに会社まで連れて行ってやるから。乗れよ」

「え……、でも……」

「なにを遠慮してんだよ。どうせ同じ会社だ。この時間ってことは、遅刻すれすれのバスに乗る気だな？　バスより俺の車のほうが早いぞ。乗れ」

「うん、じゃあ……」

最初は遠慮していたものの、渚はいそいそと助手席へ乗りこむ。彼女がシートベルトを着けるのを待ってから、車は発進した。

すぐに樹は笑いつつ尋ねる。

「いつもは一本早いバスなのに。どうした？　夜ふかしか？」

「そんなんじゃないよ。っていうかさあ、樹君だって、この時間にここにいるってことは寝坊したんじゃないの？　人のこと言えないじゃない」

母と同じ質問をされたけれど、彼にまで、悩んで眠れなかったとは言えない。

なんといっても、悩んでいた原因——渚がプレゼントを贈りたい人物は彼なのだから。

渚に同類扱いをされた樹は、ハッハッハと芝居じみた高笑いをした。

「俺は社には一時間前に入っている。始業前に今日納品がある現場を見てきて、これから戻るところだ」

「えっ……え、早朝出社？」

「渚が涎《よだれ》を垂らして寝てるときには、もう働いてたんだからな」

「涎なんか垂らしてないよっ」

冗談だとわかっていながら、ついムキになってしまう。樹は今度は普通の声で笑い、運転席から手を伸ばして渚の頭をポンポンと撫《な》でた。

「わかってるって。渚が涎垂らすのは、好きなものを食ってるときだもんな」

「もーっ、垂らさないってばっ」

あまり嬉しいからかわれかたではないが、おかげで夜ふかしの原因からは話が逸《そ》れた。

心の中でホッと胸を撫でおろし、渚は改まった口調で樹をねぎらう。

「早朝からお疲れ様です。近藤課長」

すると樹は、前方を気にしながらも「おうっ」と返事をし、極上の微笑みを浮かべた。

渚が就職したのは、樹と同じ会社——白瀬川建設株式会社《しらせがわけんせつかぶしきがいしゃ》。建設業界のトップグループに名を連ねる一流企業だ。

樹は七年前に新卒で入社して以来、営業部第一課に所属している。

彼は二十七歳で主任になり、昨年、二十九歳で課長に昇進した。

普段から仕事熱心な樹は、もともと上役に一目置かれる存在であったようだ。そこへ加えて、公共事業に関わる大きな契約を成立させたことが、昇進の鍵《かぎ》となった。早い話がエリートコースに乗ったのだ。

そんな樹と同じ会社に入りたい。樹の傍《そば》にいたい。その一心で、渚は学生時代から必死に勉強をした。

白瀬川建設は一流企業だ。入社のためには努力が必要。

また、途中で脱落しないためにも、渚は自分のペースを守り根気よく勉強を続け、高校大学と上位の成績をキープし続けたのだ。

担当教授の研究室の手伝いもしたし、ゼミをさぼったこともない。夏休みをほぼ潰《つぶ》すと言われ、就活生には敬遠されがちの、白瀬川建設インターンシップにも参加した。

渚は、樹と同じ会社に入りたいという目標だけのため、そこまで努力したのだ。

彼とは七つ歳が離れている。幼なじみであっても、同じ学校に通えたことはない。

好きな人と同じ場所にいるのだという、幸せな気持ちが欲しかった。

渚が今まで誰ともつきあった経験がないのは、この目標を達成するために無我夢中だったことも原因である。

やがて渚の情熱は実を結び、彼女は就職活動を始めて早々に白瀬川建設の内定を勝ち取ったのだった。

ただ、樹の所属は営業一課。渚が配属されたのは、営業企画課だ。営業という文字は付きこそすれ、オフィスも業務も異なる。

それでも落胆《らくたん》はしていない。聞いた話では、営業企画課で頑張って成果を出した女子は、営業課に異動になることが多いらしいからだ。白瀬川建設では、営業課は花形の部署だった。

渚は今、密かにそれを目標としていた。

「そういえば渚、おじさんとおばさんに旅行をプレゼントしたんだって？」

車が赤信号で停まると、樹が顔を向けて話しかけてくる。

渚は自分に関するだいたいのことは樹に話すが、旅行の件は話していなかった。母親同士も仲が良いので、渚の母から話が漏《も》れたのかもしれない。

「うちの母さんが感心していたぞ。『渚ちゃんは親思いで本当に良い娘さんねえ』って」

「そんなっ……。照れるよ、褒《ほ》められたりしたら」

「渚はうちの親に大人気だしな。褒めもするさ。真面目で、優しくてしっかりしていて。遊び歩いているところなんか見たことがないって、よく言ってるぞ」

「だ、だから照れるってば。やめてよ」

樹の両親に目の前で言われたのなら、『そんなことないですよ』とはにかむ程度で済む。だが、樹の口から言われると照れくささが倍増してしまう。

渚は真っ赤な顔で、両手を横に振る。しかしその動きは、信号が青に変わり車が走り出す瞬間、彼のひとことで止まった。

「俺も、そう思うぞ」

そう言って、樹が極上の微笑みをくれたのだ。

手どころか、口も止まる。視線は、前を向く樹に釘づけになった。

(樹君……)

彼に褒められると、胸がきゅうっと締めつけられるほど嬉しい。とはいえ、褒めてもらった内容は、渚が樹の傍《そば》にいたいがために必死になっていた結果。遊び歩く余裕がなかっただけというのが正直なところだ。

しかも下心があってのことなので、本人から言われると焦《あせ》りも感じる。

「だけど渚、旅行が今日からってことは、支払いとかどうしたんだ？　旅行会社のプランなんだろう？　先払いじゃないのか？」

「あ、カードで……。ほら、二十歳のときにつきあいで作ったやつ。初めて使ったよ。ドキドキしちゃった。引き落としは来月だから、その点は大丈夫」

「カードとか、怖いから使いたくないなって言ってたよな。言ってくれれば旅行代金くらい俺が貸してやったのに。どうして相談しなかったんだ」

「え、あの……お金のことだし。悪いかなって……」

「ふうん……」

生返事をした樹は、そのまま黙ってしまった。

今までは悩み事があれば、どんな内容でも樹に相談をしてきた。今回は初任給絡《がら》みのプレゼントで彼にも関係があることから、話しづらかったのが本心だ。

(気を悪くしちゃったかな)

渚だって、なんでも相談してくれていた友だちが、自分にひとことの相談もなく悩み事を抱えていることを知ったら……。相談してくれてもいいのにと、残念な気持ちになるだろう。

――樹も、同じ感想を持ったのかもしれない。

チラリとでも言っておけば良かった。気まずい思いが渚の胸をいっぱいにする。なんとなく下を向いたとき、大きな手がポンっと頭に載った。

「よしっ。そうだ、今夜は飯《めし》食いに連れてってやる」

「え?」

渚が予想外の言葉に顔を上げると、赤信号で車を停めた樹がこちらを見つめていた。

「家に帰ってもおばさんがいないんじゃ、飯に困るだろう? 仕事終わったら飯食いに行こうぜ。給料日だしな。たかっていいぞ」

「そんな……、お給料日なのはわたしも同じだし……」

「新入社員の初任給と一緒にすんな」

「……ご、ごちそーになります。課長っ」

「よしっ」

渚の頭をポンポンとして手を離すと、樹は視線を前に戻して車を走らせる。

旅行代金の件で渚が相談しなかったことは、特に気にしていないように見える。渚は密かにホッとした。

「でも、ちょうど良かった。実は樹君に聞きたいことがあったの。本当は会社帰りにでも家に来てもらうか、わたしから行くかしようと思ってたんだ」

「聞きたいこと？　なんだ、相談事か？」

「うん、まあ。相談というか、単純に聞きたいことというか」

「ふうん……。俺もお前に確認したいことがあったから、ちょうどいいな」

「樹君がわたしに？　なに？」

「今言うことじゃないし、夜に言う。ないとは思うけど、残業が入りそうだったら教えろよ」

「残業が心配なのは樹君のほうでしょっ」

樹が渚になにを確認したいのかはわからないが、今夜食事に行く約束は、渚にとって都合がよい。

七年前の約束を、彼はおそらく覚えてはいないだろう。けれど渚は、ずっとこの日を待っていた。

大好きな樹に、初任給で一生の思い出になるようなプレゼントをするという約束——それをやっと実行できる。

なにが欲しいのかは、やはり本人に聞いたほうがいい。場合によっては、すぐにプレゼントできるものかもしれないし、休みの日にでも一緒に選びに行けるものかもしれない。

（一緒に選ぶとなったら、樹君とお出かけができるなあ……）

考えてみれば、休日に樹と出かけるのは就職してから初めて。社会人になったのだから、少し大人っぽさを意識した服装にしたほうがいいだろうか。

まだ出かけると決まったわけではないのに、渚は休日の予定に思いを馳《は》せる。気がつくと、車はすでに会社の駐車場へ入るところだった。

白瀬川建設の社屋は、オフィス街の一角に建つ二十五階建ての自社ビルだ。裏手には来客者用の駐車場が、地下には社員用の駐車場がある。

ただし、社員用駐車場は希望者全員が利用できるものではなく、役職付き社員が優先される。残りはほぼ年功序列で埋まっていくが、電車やバスで通勤する者や、近くの月極《つきぎ》めの駐車場などに年間契約をしてしまっている者も多い。なので、運が良ければ新入社員にチャンスが回ってくることもあった。

車を所定の位置に停めつつ、樹が渚に声をかける。

「渚、のせられて飲み会の約束とかするなよ」

「し、しないよっ。樹君こそ、『給料日だから奢《おご》ってくださいよ』とか言われて、調子にのってご飯の約束とかしないでよ？」

「んー、ご飯食べに行く約束は、すでにしてるし……」

「え？」

「渚と」

サイドブレーキを引いた樹が、渚に顔を向けてにこりと微笑む。その瞬間、渚の胸は痛いほど高鳴り、思わず片手でブラウスの襟元をグッと掴んだ。

今日は随分と、樹にドキドキさせられている気がする。

やはり例の約束を意識してしまっているせいだろうか。それとも——

（これ、着けてきたせいかな……）

握りしめた襟元。その手の中に感じるものは、渚にとって非常に大きな存在だった。

（樹君……）

そこには、チェーンに通された指輪がぶら下がっている。高校一年生のとき、社会人になったばかりの樹がプレゼントしてくれたあの指輪だ。

いつもはバッグなどに入れて大切に持ち歩いているのだが、今日は特別な日なので身に着けてきたのだった。

二人同時に車を降りる。そのとき、樹のものと思われるスマホの着信音が鳴り響いた。

「はい。おはようございます。……ええ、現場は先に見てきました」

彼の口調からして、仕事の電話らしい。樹は車の横に立ったまま話し始めた。

すぐに話が終わるかわからないし、待っていたら彼に気を使わせてしまうかもしれない。邪魔になってはいけないと思い、渚は〝じゃあ、行くね〟の意味をこめて手を振る。すると樹も手を振り返してくれた。

「よしっ、頑張るぞー」

樹と離れてから、渚は小声で気合を入れた。

それでなくても、今夜は樹と食事に行く約束をしている。食事の席で、渚は彼にとても大切なことを聞かなくてはならない。そのためにも、今日は滞《とどこお》りなく定時に仕事を終えなくては。

樹とした約束があると思えば、やる気もみなぎる。

渚は駐車場を出てビルの出入り口へ向かう。腕時計を確認すると、車に乗せてもらえたおかげで始業時間まで充分余裕がある。

今夜の約束をできたことも含め、改めて、樹に会えて良かったと思った。

「おーい、相沢ぁー」

背後から呼ぶ声が聞こえたかと思うと、すぐに怪訝《けげん》な顔をした青年が追いついてくる。彼は渚の横に立ち、一緒に歩き出した。

「あっ、おはよう。佐々木《ささき》君」

渚は彼を見てにこりと笑いかける。彼女に柔らかい笑顔を向けられてやや表情を緩ませたのは、同じ新入社員の佐々木俊一《しゅんいち》だった。

とはいえ、まだ少々強面《こわもて》に感じる。それは、吊り目気味でシャープな顔立ちのせいだろう。

彼はすぐに表情を戻し、歩きながら渚に詰め寄った。

「お前、なんで課長と一緒に来てんの」

「え？　近藤課長のこと？」

「課長の車に乗っていただろう？　なんだよ、仲良くご出勤かよ。朝から見せつけてんじゃねーよ」

樹と同時に駐車場を出てきたわけではないのに、なぜ一緒に出社したことを知っているのか。渚は一瞬疑問に思ったが、すぐに答えが出た。

俊一は、新入社員でありながら駐車スペースをゲットできた運の良い男。おそらく、駐車場の中で樹の車から降りてきた渚の姿を見たのだろう。

「み、見せつけるって……。な、なに言ってんの。もうっ」

俊一の言葉や口調には、特別な関係を疑う雰囲気が漂《ただよ》っている。渚は慌ててしまった。

「言ったことあるでしょう。近藤課長とは家がお向かい同士で、ちっちゃい頃から知ってるのっ。け、今朝だって、バスに乗り遅れそうになっているところを課長が拾ってくれただけなんだからね」

「知ってるよ。幼なじみなんだろ？　……なに慌ててんの？」

「佐々木君がおかしな言いかたするからでしょっ」

「怒るなって。なんなんだ、お前」

「佐々木君こそ、なんなのよっ」

ちょっとムキになりすぎているとは自分でも思う。しかし、誤解されかかっていることが、嬉しいような照れくさいような……。否定しておかなくては樹に申し訳ないような……

「おれはさ、幼なじみだかご近所さんだか知らないけど、ほんとに仲が良いんだなって言ってるだけだぞ。課長、今年三十歳になるのに独身だろう？　朝からそんなにベタベタしてたら誤解されるぞ。あの人イイ男だし、女子社員に人気あるみたいだしな」

「や、やめてよー。本当にそんなんじゃないし……」

渚はドキリとする。思いがけず気にしていることを指摘されてしまった。

樹が女性にもてるだろうという予感は昔からあったものの、同じ学校に通ったことがないので実感したことはなかったのだ。

だが、同じ会社に入社してみると、彼を見つめる女性の姿をよく目撃するようになり、彼に想いを寄せる女性の噂話《うわさばなし》なども耳にした。渚が樹を気にしすぎているせいもあるのだが、改めて彼が女性に好かれるタイプの男性であると実感しているのだった。

会社の休憩所などで偶然会い、話をしていても、新入社員が近藤課長に色目を使っていると言わんばかりの視線が突き刺さることがある。

初めてその視線に気づいたときは、怖くて周囲を見回すことができなかった。

今朝、樹が車に乗せてくれると言ったとき、嬉しいのに躊躇《ちゅうちょ》してしまった。それも嫉妬《しっと》の目を向けてくる女子社員に見られたらイヤだな、という気持ちがあったからだ。

(樹君は、わたしなんか相手にしないよ……)

そんなことがあるたび、自分はただの幼なじみで、彼につり合う相手ではないと卑屈《ひくつ》になってしまう。

俊一と話している今も、渚の頭には樹への申し訳なさがあった。

「課長に悪いでしょうっ。幼なじみで、お兄ちゃんみたいに仲良くしてた人だよ。だから一緒にいるだけなのに、そんな目で見られたら……」

「お兄ちゃん？」

「そうだよ。わたしも課長も一人っこだし……、ちっちゃいときはいつも遊んでもらって、勉強を見てもらって、それから……」

「……本当に、お兄ちゃんか？」

「え？」

ムキになって余計なことまで口にしてしまったとき、俊一が声のトーンを落とす。急に様子が変わった気がして、渚は彼に目を向けた。

視界に入った彼は、とても真面目な顔をしているように見える。しかしそれをハッキリ確認できないうちに、渚はいきなり何者かに腕を引っ張られた。

「ちょっと佐々木！　渚を苛《いじ》めないでよね！」

渚を庇《かば》う頼もしい声。一五五センチの渚よりも十センチほど背が高く、声も大きい篠崎彩乃《しのざきあやの》だ。

黒のフレッシャーズスーツに身を包む彼女は、渚や俊一と同じ新入社員。そして、渚にとっては高校時代からの親友でもある。

一人っこの渚と違って、下に弟が三人もいる彩乃ははっきりした性格の持ち主だ。その上、面倒見がよく気遣い上手。おっとりしている渚に、誂《あつら》えられたかのような親友なのだった。

「なんだよ。苛めてねーよ」

「だって、渚を慌てさせてたじゃない。まったく、あんたってば入社式のときから渚に絡《から》んでたよね」

「またその話かよ、しつけーな」

「事実でしょう。しつこくないわよっ」

「ったく、女が結託するとめんどくせーなあ」

「なんですってぇっ」

——三人は、同じ営業企画課の新人である。

渚と彩乃はもともと親友同士だったが、俊一とは入社式で知り合った。絡まれたといっても、そんな大袈裟《おおげさ》な話ではない。

入社式の日、式が始まる前、渚は彩乃の姿を探していた。待ち合わせをしていたのだが、『階段かエレベーターの辺りね』というあやふやな約束をしてしまったため、両方の周辺をうろうろするはめになったのだ。

すると、運悪く俊一の進行方向をふさいだらしく『ウロウロすんなよ、そこのちっちゃいの』と言われてしまった。

彼に悪気はない。口調が少々荒いだけ。しかし渚は彼の不機嫌そうな声を聞き、怖い人なのだろうかと誤解をし、固まったのだ。

ちょうどその現場を彩乃が見ていたことで、彼は今になっても、渚を苛《いじ》めた容疑をかけられている。

当時を思い出したのか、俊一はふんっと鼻を鳴らした。

「だいたい、ちびがチョロチョロしてたから注意しただけだろう。あんなにちょこまか動かれたら、誰だって邪魔に思うもんだ」

「佐々木君、酷《ひど》いっ」

俊一の暴言を渚が責める。確かに彼は渚より二十センチくらい背が高い。それでも、ちびがチョロチョロとまで言われてしまっては、渚だって反抗したくなる。

彼女の言葉に便乗し、彩乃も渚の肩を抱いて俊一を責めた。

「ひどーい。苛めだ、苛めだー。セクハラだー」

「セクハラとか言うなっ」

立ち止まって話をする三人。口論のような内容ではあるが、三人の表情は楽しげな笑顔だった。基本的に、仲が良いのだ。

「こら、新人。遅刻する気か」

そこへ背後から注意が飛ぶ。三人が同時に声のほうに顔を向けると、片手を上げた樹が、笑顔で近寄ってくるところだった。

「あっ、いつ――」

「おはようございます。近藤課長」

樹の姿を見て、つい『樹君』といつもの呼び方をしそうになったが、彩乃の挨拶《あいさつ》が重なったことでハッと気づき、渚はグッと唇を結んだ。

「おはようございます」

ワンテンポ遅れ、俊一がどこかよそよそしい挨拶をする。樹は三人分まとめて「おはよう」と返すと、渚に顔を向けた。

「まだ社内に入ってなかったのか？　なんのために先に行ったんだ」

「あ、うん。入り口でみんなに会って……」

「早く行けよ。遅いって怒られて残業なんか渡されたら大変だ」

「はいっ。気をつけます、課長」

樹が遠回しに、今日は残業にならないようにしろと言っている気がして、渚はにわかに張り切る。おどけてピシっと敬礼の真似《まね》をすると、樹はクスッと笑い「じゃあ、お先に」とビルの中へ入っていった。

(今夜は樹君とご飯に行くんだし、あのことだって聞かなくちゃならないんだもん。がんばろっ)

渚は心の中で密かに小さなガッツポーズを作る。そんな彼女をよそに、両脇の二人は話を続けていた。

「なんかさあ、新人への対応とか、スマートで嫌味がなくてカッコいいよねえ、近藤課長。顔も性格も良くて仕事ができるって、冗談みたいな人だわ」

「そうか？　カッコいいっていったって、あの人三十歳だろ、中年じゃん……いってぇっ！」

話の途中で俊一が叫び声をあげる。渚がかかとで俊一の足を踏んづけたのだった。

「ちょっ……、相沢っ」

「そういう嫉妬《しっと》みたいなセリフはさ、同じくらい仕事ができて、新人ウケの良い上司になってから言ってよね」

樹を悪く言われていると感じて咄嗟《とっさ》にやってしまったが、いきなり足を踏んだのは乱暴だったかもしれない。今まで、そんなことはしたことがなかったのに。

ただ本当に、樹を悪く言われたのがイヤだった。

——樹のことをなにもわかってないくせに。渚の心は、そんな思いでいっぱいだ。

自分から謝るのも癪《しゃく》に障《さわ》る。口を開きかけた俊一を待たずに、渚はさっさとビルの中へ入った。

エントランスホールを見回し、樹を探す。だが、すでに彼の姿はない。

渚は自然に襟元に手を伸ばし、ブラウスの上からそこにあるものをキュッと握った。

「よしっ、頑張るぞー」

何度目になるのかわからない気合を入れ、渚は足を進める。

彼女の心は、今夜の約束に浮き立っていた。

特になんの問題もなく午前中の仕事を終えた渚は、昼休みを利用して一人会社を出た。

お昼はいつも、お弁当か社員食堂を利用して、彩乃や同じ課の先輩と一緒に食べる。

今日に限って一人で外へ出たのは、銀行の通帳に記帳をしたかったことが第一の理由。そして、今夜のことが気になって落ち着かなかったせいでもある。

会社に近い銀行で記帳を済ませた渚は、隣に建つ小さなコーヒースタンドへ入った。

中はカウンター席が数席と、二人用のテーブルが五台ほど並んでいる。オーダーカウンターは賑《にぎ》わっているが、食事を目的とした店ではないためか、テーブル席はふた組の客が埋めているだけだ。

渚は用意してもらったアイスコーヒーと小さなマフィンをプラスチックのトレイに載せ、壁側の席に座った。

いつもより断然少ないお昼ごはん。それというのも、今夜のことを考えると胸がいっぱいで食欲がないのだ。

「うわあ、なんか、社会人になったって感じ」

記帳してきた通帳を開き、渚は興奮気味に呟く。印字された〝キュウヨ〟の文字。アルバイトの経験はないので、自分の通帳にこんな文字が入るのは初めてだ。

経理課で明細をもらい金額はわかっていたが、通帳で見ると初任給というものの感動を改めて実感する。

アイスコーヒーのストローに口をつけ、渚は考えこんだ。

ひとまずは、両親の旅行代と家に入れる分を差し引いた金額から、樹へのプレゼントの予算を考えなくてはならない。

今回は旅行をプレゼントしたこともあって、母は家に生活費を入れなくてもいいと言ってくれた。父も、新人のうちはそんなにたくさんもらえるわけではないのだから、一年くらいは家に入れなくてもいいとまで言っている。だが、渚としては、そういうわけにもいかないと思うのだった。

とはいえ、もしも今月は家の分を免除してもらえるなら、予定よりも多く樹に回せる。

（都合いいなぁ、わたし）

樹のことばかり考えてしまう自分に気づき、渚は一人であるにもかかわらず、頭を掻《か》いて照れ笑いをした。

「樹君……、なにが欲しいんだろう」

ポツリと呟き、彼女は首の後ろに両手を回す。そこにかかるチェーンの留め具を外して、ブラウスの首元から引っ張り出したそれを手のひらに載せた。

「こんないいものをもらったんだもん。樹君にも、喜んでくれるものをプレゼントしたいよね」

手の上には、細いチェーンに通された小さな指輪がある。唐草《からくさ》の飾り彫りが施《ほどこ》され、小さな黄緑色の宝石が埋めこまれたプラチナリング。

樹が初任給で買ってくれた指輪だ。

あの日のことは、今でも鮮明に思い出せる。

樹の言葉、向けてくれた微笑み。それらがどれだけ嬉しかったか、どれだけ感動したか。

この指輪を、渚はずっと大切にしてきた。傷をつけてしまうのが怖くて、指にはめたことはない。

また、もらってしばらくは、ジュエリー用の小さな袋に入れて持って歩いたほどだ。

その後、もっとこの指輪の存在と樹の気持ちを感じたくて、渚は傷をつけずに身に着けて歩ける方法を考えた。

そして思いついたのが、ネックレスのように首にかけるという方法だった。それも、服の中に入れておけば、めったなことでは傷つかないだろう。

渚は指輪の色に合うよう、自分の貯金でプラチナのチェーンを購入した。

そこに指輪を通し、首にかけられるようにしたのだ。とはいえ、当時はまだ高校生だったので、そんなに金額が張るものは買えなかったが。

そして大学受験や入社試験など、ここぞというときに、必ずお守りにして首にかけていた。

「朝から樹君と出社できたし、ご飯も誘ってもらったたし、今日は良い日だ。うん」

渚は、指輪をキュッと握りしめ、ゆっくりと息を吐く。

大好きな樹になにかしてあげられるという喜びと期待で、胸がいっぱいだ。

――その思いに浸《ひた》るあまり、会社へ戻らなくてはならない時間まで、マフィンを食べることを忘れてしまっていた。


その日の夕方、渚のスマホに樹から、仕事を終えたら会社近くのコンビニの駐車場で待っているとメールが入った。

予想通り、渚に残業の心配はない。しかし、樹は定時で仕事が終わるのだろうか。

もしかしたら、コンビニの駐車場でしばらく待ちぼうけを食うのでは……

そんなことを考えながら、課員のデスクからコーヒーカップや湯呑みなどを片づけていた定時直前。初任給も出たし飲みに行かないかと、俊一をはじめとした同僚たちが話す声が、渚の耳に入った。

もしかしてと覚悟したとき、渚にも俊一から声がかかる。

「相沢ー、仕事終わったら……」

「んーとっ、きょ、今日は、仕事が終わったらまっすぐ帰らなくちゃ。両親がいないから留守番してなくちゃならないんだ」

「……なんだそれ。小学生かよ」

「い、いいでしょうっ。人の家庭事情に口出ししないでよ」

不自然な言い訳に聞こえたのか、怪訝《けげん》そうな顔をする俊一から視線を逸《そ》らし、渚はそそくさとオフィスを出る。そのまま給湯室へ移動し、片づけも終了だ。

それ以上は突っこまれることもなく、定時に会社を出た渚は、急いで指定されたコンビニへ向かった。

来るのは樹のほうが遅いだろう。そう思っていたが、コンビニの駐車場に到着すると、樹はすでに自分の車の前で待っていてくれた。

「は、早いね。樹君」

「給料日だから絶対に飲みに行こうって誘われると思ってさ。二時間前に会社を出て、外の仕事を済ませて直帰するって連絡入れておいたんだ」

「わあっ。ズルいですねー、課長」

「今夜は渚が優先だからな」

助手席のドアを開けながら樹が見せてくれるのは、渚が大好きな極上の微笑み。渚はこの顔に弱い。見惚《みと》れてなにも言えなくなる。

ときどき、彼はわかっていてこんな表情をするのではないかと思ってしまう。

二人を乗せた車が走り出す。気持ちがふと緩み、渚はハアッと大きな息を吐いてしまった。

「……おなかすいた……」

彼女の呟きを聞いて、樹はクッと喉《のど》を震わせる。笑いを噛《か》み殺しているらしく、肩が小刻みに震え出した。

「ちょっと樹君、笑わないでよ」

「だってお前……、いきなりそんな切なそうに腹《はら》減ったとか言われたら、笑うだろう、普通」

「腹なんて言ってないっ。おなかって言ったのっ」

「同じだろう」

「同じじゃないものっ」

同じだが認めたくない。それに、好きな人の前では女の子らしくしていたい渚としては、せめて言い訳をしたいところだ。

「だって、お昼ちゃんと食べられなかったんだよ。おなかすくでしょ」

今度は小さく息を吐いて、渚は助手席にもたれかかる。前方へ目を向けると、フロントガラスを流れる景色が視界に入ってきた。

そういえば、どこへ食事に行くのだろう。肝心《かんじん》なことを聞いていなかった。

(ファミレス、かなあ。大学の頃よく連れてってもらったハンバーグレストランとか?)

そんなことを考えていると、笑いがおさまった樹が口を開く。

「どうせ渚のことだから、飯《めし》連れてってもらえるー、わーい、とかワクワクして昼飯食えなかったんだろう」

「そっ、それはぁ……」

「当たりだろ」

「……なんでわかるの……」

言い当てられてしまい、渚は拗《す》ねる。すると運転席から伸びてきた手が、彼女の頭をコツンッと小突いた。

「生まれたときから見てるんだ。お前がやりそうなことはすぐわかる。お前のことを一番よく知ってるのは俺だぞ」

ほわっと、渚の頬が温かくなる。赤面してしまったことを悟られるのが恥ずかしくて、助手席の窓側へ顔を逸《そ》らした。

「そっ、そんな言いかたしたら、うちのお父さんとお母さんに怒られるんだからね。『生まれたときからなら負けない』って」

「そのうち、おじさんとおばさんを追い越すからいいんだ」

楽しげに笑う彼の声を聞きながら、渚はなにも言えなくなる。

親を追い越すくらい渚を知ると口にした樹。彼は話の流れとノリで言ったのかもしれないが、渚としては意識してしまう言葉だ。

（なんか、今日のわたし、考えすぎじゃない……？）

助手席の窓ガラスに、ちょっと困った顔をする自分が映っている。運転席の樹がチラリと渚に視線をよこして微笑んだ様子も見えて、彼女の頬はさらに染まった。

――気のせいでなければ、今夜の樹はどこか違う……


「着いたぞ」

樹に声をかけられ、改めて窓の外に目を向ける。外に見えるのはファミレスでもハンバーグレストランでもない。もっと大きな建物だった。

「樹君……。ここ？」

「ここだけど？」

そこは、結婚式や各種展示会、イベントなどでもよく使われる大きなホテルである。

一瞬まさかと思ったが、彼はためらうことなく駐車場へ入っていく。

「限定ディナーバイキングの予約が取れたんだ。コース料理なんかより、好きなものをちょこちょこ取って食べるほうが好きだろう？」

「うん。まあ、好きだけど」

「目移りして食いすぎたら動けなくなるぞ。ケーキバイキングに連れてったとき、腹苦しくて動けなくなったことがあっただろう」

「こっ、高校生のときの話でしょうっ」

笑いながら樹が車を停める。昔の話を持ち出されて食ってかかってはみたものの、渚はシートベルトを外しつつ控えめな声を出した。

「でも、ここ、高級ホテルでしょ。そこの限定ディナーって……。バイキングでも高いんじゃないの？　ファミレスとかでよかったのに」

「そういうことは気にしないで素直に奢《おご》られろ。せっかくのディナーが不味《まず》くなるぞ。……それに……」

シートベルトを外し、樹は申し訳なさそうな顔をする渚の頭を、軽く小突く。

「今夜は特別だから。いいんだよ」

小突かれた頭に手をあてたまま、渚は車を降りる彼の姿を見つめた。

（特別？）

特別とはどういう意味なのか。確かに渚にとっては特別な日である。七年前の約束を果たせるかもしれない日なのだから。

樹も、渚が社会人になって無事に一カ月目を迎えられたお祝い、くらいに思ってくれているのだろうか。

ぼんやりと考えていると、樹が助手席のドアを開けた。

「ほら行くぞ。俺も腹減った」

「あ、うん」

よくわからないけれど、考えるのはあとでもいい。今はとりあえず、空腹を満たすことと、樹に欲しいものを聞くことが先決である。

ディナーバイキングだというので、そのままレストランへ向かうのかと思ったが、ホテルへ入ると、樹は渚をロビーで待たせた。

「ちょっとそこで待ってろ」

そう言って彼が一人向かったのはフロントだ。遠くから彼の様子を眺めていたところ、対応したフロントの男性からなにかを渡され記入しているのが見えた。

限定ディナーというくらいだ。予約のチェックをするために、フロントで受付をしなくてはならないのかもしれない。

渚はロビーのソファにちょこんと座り、豪奢《ごうしゃ》なシャンデリアがかかる天井を仰《あお》ぐ。

ここ〝シフォン・ヴェール〟は、ブライダル関係に力を入れている一流ホテルで、ブライダルフェアなどがよく行われている。

ホテル内の各種レストランや、カフェの限定メニューを掲載した広告がたびたび新聞に入っているので、渚もよく知っていた。

(今月のチラシは見たけど、限定ディナーバイキングなんて企画載ってたっけ?)

考えているうちに樹が戻ってきた。「行くぞ」と促《うなが》され、彼について行く。

エレベーターに乗るのかと思えば、樹はロビーから二階へ続く豪華な曲がり階段のほうへ歩いて行った。

「樹君、エレベーター……」

「会場が二階なんだ。ここから行こうぜ。なんかこの階段、外国の映画に出てくる階段みたいで趣《おもむき》があるだろう? 上がってみたくないか?」

金糸で刺繍《ししゅう》がされたベージュの絨毯《じゅうたん》が敷かれた広い階段に、凝《こ》った細工が施《ほどこ》された手すり。確かに外国映画などで、ドレスアップした紳士淑女が下りていきそうな雰囲気がある。

「本当だね。なんか、いかにも会社帰りですっていうスーツ姿で歩くのが申し訳ない感じ」

「こういうとこ、ウエディングドレス姿の嫁さんをお姫様抱っこして下りていったら、かっこいいだろうな」

「いっ、樹君、なんか発想がロマンチックだよっ」

からかいながらも、渚は樹の言葉にドキドキしてしまう。そのシーンを想像したら、自分がスーツ姿であることが、少し悔しく思えた。

二階へ上がると、両開きのドアが片方だけ開いたホールが目に入る。ドアの前に立つのは、ベストスーツに蝶ネクタイの男性従業員。

樹が彼へ近づき、内ポケットからカードらしきものを出して見せると、「こちらへどうぞ」と中へ促された。ここが限定ディナーの会場らしい。

室内には丸いテーブルが二十台ほど。壁側に並べられたテーブルには、色とりどりの様々な料理が並べられている。落ち着いた照明の中、流れるのはピアノの音色。案内されたテーブルにはキャンドルライトがともり、ロマンチックな雰囲気が漂《ただよ》う。

限定と名が付くだけあって、特別感たっぷりだった。

「渚、カクテルかなんか飲むか？」

「あ、うん。甘いのがいい」

「苦いの苦手だもんな」

樹がテーブルに呼んだウエイターにアルコールを注文する。そのあいだ周囲を見回していた渚は、客のほとんどが若い男女のカップルであることに気づいた。

(週末のカップル限定とか?)

そのカップルという枠の中に自分たちも入るのだと思うと、急に恥ずかしくなってしまう。

その考えを振り払おうと頭をぶんぶんと振り、ハッとした。

「い、樹君、車なんだし、アルコールは……」

「ん? なんだ?」

気づいたがもう遅い。彼は注文を済ませ、ウエイターはすでにテーブルを離れている。

だが、まだアルコールが運ばれてきたわけではない。今ならば取り消すことができる。

「車で来てるんだから、お酒は駄目だよ。ソフトドリンクにしよう? わたしもお酒は飲まないから」

「いざとなったらタクシーで帰るよ。……まあ、大丈夫だとは思うけど」

「大丈夫って……。樹君がお酒に強いのは知ってるけど、酔ってる自覚がなくても、飲んだら運転しちゃ駄目だよ」

「酔っても、醒《さ》めたあとなら運転していいんだろう? 飲酒運転はしないさ」

「……それはそうだけど……」

飲んでから一時間や二時間で、アルコール分がすっかり抜けるものではない。渚は、彼がなんと言おうと帰りはタクシーを利用して帰ろうと、固く心に決めた。

そんな渚を、樹が促《うなが》す。

「それより、料理取ってこよう。たくさん食えよ」

「うん、ごちそーになりまーす」

「デザートばっかり取るんじゃないぞ。ちゃんと食えよ？」

「大丈夫だよ。少しずつ取って全種類食べる」

「……五十種類あるんだぞ」

「ひぇっ」

渚がふざけて戦《おのの》く。立ち上がった樹は、彼女の後ろへ回り椅子《いす》を引いてくれた。

「食べられないものを取ったら回せ。食ってやるから」

「う、うん」

さっきから感じている疑問が、またもや渚の胸に湧き上がる。

（樹君、なんとなくいつもと違う？）

渚に優しく接してくれるのはいつものこと。それこそ、本当の兄妹であったなら『よいお兄さん』と言われるレベルだろう。

しかし今日の彼の優しさは、どこか甘ったるい。

（気のせい？）

渚の頭は疑問でいっぱいになりかけた。しかし、ズラリと並ぶ料理を改めて見た瞬間、その鮮《あざ》やかさと豪華さに心を奪《うば》われる。

樹の態度は気になるが、それでなにか困っているわけでもない。特に深く考える必要はないはずだ。渚は他に、考えなくてはならない大切なことを抱えている。

「ほら渚、皿」

「はーい」

渚は皿を受け取り、ひとまず気持ちを食欲へ傾けた。


それから一時間半ほど経った頃、メニューの半分ほどで白旗を上げた渚は、椅子《いす》の背もたれに深く寄りかかり、息を吐いた。

少しずつとはいえ、やはり五十種類にチャレンジするのはきつい。

「まだ半分食べてないのに、もったいないなぁ。でもおなかいっぱい」

「おなかいっぱいとか言いながら、目の前にケーキだのアイスだのを置いていたら世話ないな」

「食後のデザートは別のおなかに入るんだってば」

「牛かっ」

渚が食後のデザートに選んだのは、アップルパイのバニラアイス添え。これは、実はふたつ目のデザートだ。

樹が選んでくれた甘口のスパークリングワインは、デザートにもとてもよく合う。そのせいで、いつになく少々飲みすぎてしまっている気がした。

ハーフボトルを注文したので、樹も同じものを飲んでいる。ソフトドリンクやビールはグラスでもらえるが、ワインはボトルでの注文になるらしい。ハーフでも渚一人では飲みきれないので、つきあってくれているのだろう。

「樹君、ビールとかにすれば？　甘くて物足りないんじゃない？」

「そんなことないぞ。渚と同じ酒で酔えたら最高」

「そ、そう？」

いちいち彼の言葉を意識してしまう。やっぱり今日は自分がおかしいのかもしれない。

「なんならまた連れてきてやるよ。全種類食べられなくて悔しいんだろう？」

「えっ、本当に？」

「メニュー内容は変わっているかもしれないけどな。その前に、このプラン自体が継続していればの話だが」

「じゃあ、今度はわたしが奢《おご》るよ。樹君にはいっつも美味《おい》しいもの食べさせてもらってるし」

ちょっと張り切ったところで、渚は本日の目的を思い出した。今度は奢るという話をする前に、彼が望むプレゼントを聞かなくてはならない。

「あ、あのね、樹君。わたし、今日聞きたいことがあって……」

言いながら、渚は座り直し背筋を伸ばす。樹は、口につけていたグラスをテーブルに置いて身を乗り出した。

「そういえば朝、なんか聞きたいって言ってたな」

「うん、これなんだけど、覚えてる？」

渚は首の後ろに手を回し、襟に隠れたチェーンを引く。ブラウスの首元から上がってきたそれをつまみ、そこに下がった指輪を取り出した。

樹が、ちょっと驚いた顔をする。だが彼はすぐに目を細め、とても嬉しそうに微笑んだ。

「なんだよ渚。そんなところに着けて歩いていたのか」

渚の鼓動《こどう》が大きく跳ね上がる。表情のみならず、彼の口調も嬉しげに聞こえたからだ。

「覚えているに決まってるだろう。ちょうどよかったよ。俺の話も、それに関することだったんだ」

「そうなの？」

そういえば、樹も渚に確認したいことがあると言っていた。もしかして彼は、昔プレゼントした指輪を、渚がちゃんと持っているのか聞きたかったのではないか。

樹にもらったという嬉しさのあまり、渚は指輪を大切に大切に扱い、指にはめることはおろか人前に出したこともない。持ち歩いているという事実に、自分一人で満足していたところがある。

樹としては、せっかくプレゼントしたのに着けている場面を見たことがないと、不満に思っていたのかもしれない。

もしくは、喜んでいたように見えても気に入ってもらえていなかったと、不安だった可能性もある。

「わたしね、これをこうやってチェーンに通して、たまに首にかけていたの。指に着けて傷が付いたらイヤだって、そんなことばかり考えちゃって……」

「そうか。大事にしてくれていたんだな」

「もちろんだよっ」

嬉しそうな顔をする樹に、渚は大袈裟《おおげさ》なくらい大きく頷く。着けたところを見せたことがないのは気に入らなかったからだとは、間違っても思われたくない。

渚は、指輪をブラウスの上に出したまま本題に入った。

「これをもらったとき、わたし、樹君に言ったことがあるんだけど……。樹君は覚えてないよね……」

「初任給が出たら、同じように思い出に残るようなものをプレゼントするって話だろう？」

渚は目を見開いて樹を見た。

「樹君……。覚えていてくれたの？」

「もちろん。あのときは指きりもしたしな。今夜、俺が確認したかったのもその話についてだ」

「そっかあ、じゃあちょうどよかったね」

二人揃って同じことを考えていたようだ。

なにはともあれ、樹が指輪の件を誤解しているのではないとわかり、渚はホッと安心した。

「でね、わたしずっと考えていたの。でも、樹君が欲しがるような思い出に残るプレゼントが思いつかなくて。……ううん、樹君の趣味とか好きなものとかはわかっているつもりなんだけど。今欲しいもの、って考えると……」

「それで、直接聞こうと考えたわけ？」

「うん。あっ、でも、昔も言ったと思うけど、車とかパソコンとか、そういう高価すぎるものは指定しないでね」

「うーん、そうだなあ……。今、俺が欲しいものは、それよりもっともっと高額かもしれない」

「もうっ、冗談はやめてよぉ」

ある程度高額だというのならば焦《あせ》りようもあるが、車よりも高額と言われると冗談としか思えない。渚はアハハと笑いつつ、溶けてしまいそうなアイスクリームとアップルパイをひと口分フォークに取った。

「でさ、樹君が今欲しいものってなに？」

渚はフォークを口へ持っていく手前で顔を上げ、樹を見る。すると、彼は黙って指先を渚へ向ける。

（はい？）

渚は大きな目をぱちくりとさせた。

なんだろう、彼の指先はこちらを向いている。

まさか口の手前で止まっているアップルパイが欲しいのだろうか。それとも渚の後ろになにかあるのだろうか……

渚は彼の指先を辿《たど》るように背後を振り向く。しかし、そこには壁しかない。

改めて樹を見る。彼は相変わらず彼女へ指先を向けていた。そして、極上の微笑みを浮かべながら言ったのである。

「俺、渚が欲しい」

――刹那《せつな》。渚の思考は停止する。

そして次の瞬間、彼の言葉が頭の中に反響した。

――俺、渚が欲しい。

持っていたフォークが落ちる。アップルパイとフォークは、溶けて柔らかくなってしまったアイスの中へ埋まった。

「……は……い？」

「俺が今一番欲しいのは、渚。いや、今じゃなくて昔からずっと、一番欲しかったのは渚なんだ」

この言葉を、どう取ろう……

樹とは、仲の良い兄妹みたいに育った。渚は幼い頃から樹に恋心を抱いていたが、樹は渚を本当に妹のようにしか思っていないと思っていたのだ。

そんな彼から、渚が欲しい発言。

色々な思惑がぐるぐると頭を回り、考えがまとまらない。

やがて辿り着いた結論に、渚の身体が固まった。

（つ……つまり樹君は、わたしとエッチなこととかをしたいって……そう言ってるの!?）

常に渚を気遣ってくれる優しい樹の姿を思い浮かべ、渚は自分が弾き出した結論を否定する。

（い……いや……、樹君は、いきなりそんないやらしいことを求めてくる人じゃ……）

しかしそんな彼女に、決定的な一撃が加えられた。

腕時計を確認した樹が、スーツの内ポケットから出したカードを顔の横に掲《かか》げて言ったのである。

「まあ、この話は部屋でゆっくりしようぜ」

「……へ……や……？」

よく見れば、彼が持っているのはホテルのマークと部屋番号が入ったカードキーだ。

樹は食事の席に着く前、従業員にもこのカードを見せていた。ホテルへ入ってすぐにフロントへ向かったのは、バイキングの予約受付に行ったのではなく、宿泊の受付をしていたのではないのか。

渚が欲しいという告白のあとに、この展開。

おまけに彼は、渚の両親が旅行中で、彼女が外泊をしても支障がないことを知っている。

――樹は、本気だ……

「バイキングは二時間の時間制限があるから、そろそろ出ないと。アップルパイを食いたかったら、ルームサービスで注文してやるよ。それ、もうアイスが溶けてるだろう」

「いや、あの、……樹君……」

「なんだ、遠慮するな。なんなら他のケーキとかも注文していいぞ」

「いや、だから……」

「話はあとあと。ほら、行くぞ」

立ち上がる樹の姿を、渚は呆然と目で追う。とはいえ、ただ座っているわけにもいかず、戸惑いながらも腰を上げる。すると、右手を素早く樹に取られた。

手を繋《つな》いでしまった……

照れくさくなりつつ彼に顔を向けると、樹はまたもや極上の微笑みをくれる。

「思い出に残る、いい夜にしような。渚」

（ちょっと待ってぇ!!）

心で叫んだって、樹には届かない。

渚はそのまま、引きずられるようにバイキング会場をあとにした。

第二章　あなたと初めての夜を

（予想外すぎる！）

大きなソファにちょこんと座る渚は、我が身に降りかかっている事態をまだ把握しきれていない。

先ほど入室してから、彼女はずっとこの状態である。

樹に手を引かれてエレベーターに乗ったものの、呆然としていたせいでここが何階なのかもわからない。それでも乗っていた感覚から、結構上の階ではないかと思う。

用意されていたのは、どうやらダブルルームらしい。部屋に入った瞬間、前方の窓側に大きなダブルベッドが見えた。

それにも衝撃を受けてしまった渚は、樹に促《うなが》され、なんとか部屋の中央まで進んだ。そして脱力したままソファに座り、ただ呆然とし続けている。

「実は今夜のバイキング、宿泊客限定なんだ」

そんな渚の心情を知ってか知らずか、樹は呑気《のんき》に部屋付属のコーヒーメーカーでコーヒーを作り始めていた。ミル付きらしく、彼の言葉のあとにガリガリと大きな音が響く。

「食事に使われていたホールの内装デザイン、うちの会社のコーディネーターが担当していて、今その人と仕事してるんだ。『ディナー付きの宿泊チケット、優先で取れるからいつでも言って』とか言われてさ。バイキングが美味《うま》いって聞いていたし試しにお願いしたら、本当にすぐ取ってもらえた」

「へ……へえ……」

「ディナーバイキング目当てで部屋まで取らなきゃならなかったけど、美味かったから、まあ良いかって感じだな」

「うん、美味《おい》しかった」

話からなんとなく察するに、彼は最初から部屋を取ろうと目論《もくろ》んでいたのではなかったようだ。

部屋はあくまで食事のおまけ。部屋へ入ったのだって、例の約束に関する話をゆっくりとするためだったに違いない。

(そうよ。樹君が、そんないやらしさ丸出しのことをするわけが……)

安心しかけたものの、渚はハッと思い出す。

その約束の〝欲しいもの〟に、渚を指定されたのではなかったか。

渚が欲しい。あの言葉の真意は、いったいどこにあるのだろう。

彼が言った思い出に残るいい夜とは、単に七年前の約束を確認し合い、思い出に耽《ふけ》る楽しい夜にしようという意味なのか……

それとも、大人の男女としての一夜を――

（いやーっ！　そんなはずない、そんなはずないっ!!）

頭に渦巻《うずま》くピンク色の妄想を、渚は懸命に振り払おうとする。

妹としか思っていないはずの自分を、樹が相手にするものか。今まで樹の彼女らしい人を何人か見たことがあるが、いずれもしっかりしている大人の女性という印象を受けた。子どもっぽくて、いつも樹を頼ってばかりいる自分とは大違い。

自分が彼にとって、関係を持ってもいい女性に入っているとは思えなかった。

そう考える一方で、渚は朝の母との会話を思い出す。樹の母親が、『うちの息子は仕事ばっかりで、もう三十歳になるのに彼女もつれてこない』と言っていたという話だ。

彼はもしや、年齢的なこともあって親に結婚を急《せ》かされているのではないのだろうか。その気がなくて聞き流していたとしても、何度も言われれば少しは考えるはず。ましてや彼は一人息子。

最近、というかここ何年も、樹に彼女がいた気配はない。樹の母が言っていた通り仕事に一生懸命だ。それなのに親から結婚を急かされれば、ひとまずそういった気はあるのだという姿勢を見せようとするのでは……

しかも、彼は宿泊用に部屋を用意していた。渚と深い仲になろうとしているのは、ほぼ確実だろう。

（切羽詰まって、近くにいる女なら誰でもいいとか思い始めてるんじゃ……）

樹はそんな男じゃない。そう思いつつも渚は、色々と考えているうちに後ろ向きになる。自分は好きな人に利用され、もてあそばれてしまうのかもしれないという悲しい思いが、胸をいっぱいにした。

「渚？」

沈むまま考えこんでいると、鼻先にコーヒーの香りが漂《ただよ》ってくる。渚が顔を上げれば、白いカップを両手に持つ樹が目の前に立っていた。

「どうした？　情けない顔して。コーヒー淹《い》れたから、飲むか？」

「うん……、ありがとう……」

彼が差し出すカップを、渚は取っ手と上の部分を持って受け取る。樹も自分用のカップを手に、渚の隣に腰を下ろした。

「酔ってないか？　結構ワイン飲んでたけど」

「うん……。飲んでいるときは、ちょっと酔っちゃったかなとか思ってたんだけど……」

そんなものは樹の、渚が欲しい発言で吹っ飛んでしまった。

湯気《ゆげ》をふうっと吹き、カップに口をつける。ほどよい苦みと、舌に優しい甘み。濃さも薄目でちょうどいい。彼が淹れてくれたコーヒーは、渚の気持ちを癒《い》やしてくれた。

「美味しい……」

「だろ？　渚好みに砂糖も入れたし、濃さもお湯で調節した」

「わたしの好み、なんでもわかってるね」

「言っただろう？　お前のことを一番知ってる男を目指してるんだよ。俺は」

「……でも、わかってないよ……」

渚の言葉に、カップを口に持っていこうとしていた樹の手が止まる。彼が自分の横顔を見ているとわかっているのに、渚は泣きそうに顔が歪《ゆが》むのをどうにもすることができなかった。

「あんなこと言われたら、わたしが困るのわかってるくせに……。なのに……」

「渚？」

「わたし、そんな経験ないし……。欲しいなんて言われても、気軽に『はいどうぞ』とか答えられる性格じゃないよ……。だいいち樹君と、そんな……いやらしいことをする関係になるって考えたこともなかったし」

「うん、まあ、経験がないのは知ってる」

「だったら、なんで……」

渚は声を震わせて樹に顔を向ける。――しかし次の瞬間、彼女の言葉も動きも止まった。

渚の唇に、樹の唇が重なったからだ。

（え……）

頭が真っ白になる。

ただ触れているだけのキスなのに、唇から伝わる感触で、全身の力が抜けてしまいそう。

渚の手からカップを取り、樹は一度唇を離してテーブルへ置く。そして、突然のことに動けなくなっている彼女に再び口づけた。

「目ぇ閉じろ、馬鹿」

唇に触れながらクスリと笑う樹の声。その囁《ささや》きは、初めて耳にする艶《つや》のある声色だった。

聞いているほうが恥ずかしくなる。渚が見開いていた目をグッと閉じると、それを待っていたかのように抱きしめられ、強く唇を吸われた。

「んっ……」

怯《おび》えているみたいな情けない呻《うめ》きが喉《のど》から漏《も》れる。渚が両手で樹の腕に触れてスーツを強く握ったところ、そのままゆっくりとソファに押し倒された。

（どうしよう、どうしよう、どうしよう!!）

彼女の頭は、パニック状態だ。突き飛ばして泣いて抵抗するのが良いのか、受け入れるのが良いのか。

だがどちらにしても、これから先、樹にどう接したらいいのかわからなくなってしまいそうな状態である。

樹の唇が、固く閉じられている渚の唇をなぞり、ときおり下唇を唇で挟む。その仕草は、まるで力を抜けと言っているようだが、混乱する渚にはそれができない。

スーツを握る手に力が入り、指先が震えた。

やがて樹は一度唇を離して囁く。

「男とつきあったこともなければ、デートもしたことがない。キスもセックスも未経験だって、全部知ってる」

「じゃあ……」

「それがわかったうえで、俺は渚の全部が欲しいんだよ」

わずかに離れていた唇が、再び渚の唇をなぞる。彼が言いたいのはつまり、渚にとっての初めての男になりたいという意味ではないのか。

「約束だろう？　渚……、思い出に残る、俺が一番欲しいものをくれるんだろう？」

初体験を好きな人にあげるのだと考えれば、思い出に残るのは渚のほうだ。そう思いつつも、渚は強く瞼《まぶた》を閉じたまま動くことができない。

「だから、俺に渚をくれ。一生、お前を俺のものにしたいんだ」

——思わず、渚は瞼を開いた。

目の前には樹の顔。唇を離してはいるが、また触れてしまいそうな至近距離で渚を見つめている瞳がある。

（……一生……？）

心に引っかかったのは、その言葉だった。

一生、俺のものにしたいと言った、樹の言葉。

「鳩《はと》が豆鉄砲喰らったような顔するなよ」

こんっと、樹のひたいが渚のひたいにぶつかる。彼は彼女の前髪を指で梳《す》き、頭をポンポンとした。

「もっとハッキリ言わないとわかってくれないのか？　結構照れるもんなんだぞ」

「ハッキリって……」

「渚が欲しい。だから、結婚しよう」

またもや渚の頭は真っ白になる。

そして次の瞬間、樹の言葉が頭の中で大きく響いた。

――渚が欲しい。だから、結婚しよう。

「けけけっ、けっこんっ!?」

「泣きそうになったり驚いたり、忙しいな、お前」

「だだだっ、だってっ……あのっ……」

これはプロポーズではないか。

思いがけない申し出に、渚は混乱する。自分を恋愛対象として見ていないと思っていた樹から、まさかプロポーズをされるとは。

「渚が初任給をもらったら、俺が一番欲しくて、一生思い出に残るものをプレゼントしてくれるって言ってただろう？　俺、絶対に渚をもらうんだって決めていたんだ」

「で……でも、わたしを……って。初任給で買うとか買わないとかの問題じゃなくなるし……」

「だから、俺にプレゼントを買ってくれようと思っていた分は、渚がもっとかわいくなるために使えよ。でも、約束は約束だからな。俺はお前が欲しい。これは、渚にしかできないプレゼントだろう？」

「……樹君は、わたしのこと、妹くらいにしか思ってないんじゃないの……？」

「まさか。妹だと思ってたらこんなこと言わない」

大きな目をぱちくりとさせ、渚は樹を見つめる。なら彼は、どういう考えで自分に接していたのだろう。

するとと樹が軽く眉を寄せ、頭を撫でていた手で渚の頭を小突いた。

「これまで、渚が背中から抱きついてきたり、夏にはキャミとミニスカートみたいな恰好して俺の傍《そば》をチョロチョロしたりしているのを見て、どれだけ挑発されたかわかってんのか」

「ちょ、挑発なんてっ」

「何度理性がぶっ飛びそうになったことか。ほんと、お前は男の気持ちをわかってない」

「だって……、そんなこと、わかんないよっ」

樹が自分をそういう目で見ているとは、思ってもみなかった。彼の言う男の気持ちなど、気づけるはずがない。

慌てる渚を見て表情を緩め、樹は彼女の襟元のチェーンを指に引っかけた。

「でもさ、これの約束があったから、ずっと我慢してたんだぞ」

「ずっと……？」

「七年だ。渚が大学を卒業して、社会人になって、この約束を果たしてくれようとするとさ、絶対に渚を嫁にもらうって決めていた。一生思い出に残る、俺が一番欲しいもの。――渚しか、ないだろう……」

樹の唇が落ちてくる。渚は信じられない気持ちでそれを受け止めた。

「好きだよ。渚」

「うそぉ……」

「信じてくれないのか？」

「だって……、樹君はそんな素振り見せてくれたことなんかないし……。つ、つきあってた人だって、何人かいたじゃない。知ってるのは、かなり昔だけど……」

樹はいつも渚に優しかった。けれど、それは妹みたいな幼なじみに対しての優しさなのだと、渚は疑わずにいたのだ。

そう思うのは、樹に交際している女性の気配を感じたことが数回あったからだ。

それに気づくたび、寂しかった。

けれど自分の立場を考えれば、それに対してどうこう言えるものではなかったのだ。

ましてや彼は、幼なじみの欲目を差し引いても素敵な男性なのだから、恋人がいたっておかしくない。

社会人になってからは仕事が忙しいためか、彼の傍《そば》に恋人らしき存在を見つけることはなかった。

それでも、もしかしたら会社につきあっている人がいるのではと疑ったことはある。

ぐるぐる考えこむ渚に、樹が苦笑しつつ言う。

「まあ、学生時代はいた時期もあったけど……、長続きはしなかった」

「うん、知ってる……」

「どうしてかわかるか？」

「相手の人が、樹君のこと、よくわからなかったんじゃないかな……。樹君は、クールっていうかドライっていうか、さっきも言ったけど、〝好き〟とかそういった素振りを見せてくれないし。つきあってる人を友だちに見せびらかしたり、自慢したり惚気《のろけ》たりしないでしょう？　女の子は不安になると思う。本当に好きでつきあってるのかなって」

「大当たり。さすが渚だな。俺のことよくわかってる。おかげでいっつもふられ役だったよ」

褒《ほ》められて嬉しいような、嬉しくないような。なんとも微妙な気持ちだ。

（樹君、気配り上手だと思うんだけど……。つきあってる人には違うのかな）

優しい樹もクールでドライな樹も、渚はどちらも好きだ。だが、ドライな男は優しさがないと見られて女性には避《さ》けられがち。樹が恋人に対してクールな態度を取っていたのなら、ふられ役だというのも納得できる。

つきあった女性が彼の性格をよくわかっていなければ、不安と不満が溜《た》まって長続きしないのは当たり前だろう。

「俺のこと、一番わかってくれているのは渚だ。俺だって、渚のことを一番わかっている自信がある。……いや、これから一番になるから」

言い直したのは、さっき同じようなことを言ったときに、そんなことを言ったら両親に怒られると渚からチェックが入っていたせいかもしれない。

両親をも追い越すと彼が言ったのは、渚に求婚するつもりだからだったのだ。

「好きな女が、自分を理解してくれている。どれだけ嬉しいかわかるか？　そんな渚とずっと一緒にいたいと思うのはおかしいことか？　お前が欲しいって気持ちを、やっと今日伝えられた。俺は嬉しい」

「樹君……」

渚は胸が熱くなった。

樹が自分を求めてくれている。

渚のすべてを、未来までをも求めてくれているのだ。

自分は妹以上には決してなれないと思っていた。

樹は大人で、自分は子どもすぎる。彼に求められる自分なんて、想像もできなかった。一生の片想いを覚悟していたのに……

「渚と結婚して、ずっと一緒にいたいんだ。渚も、そう思ってくれるか？」

「わたし……」

「渚は、俺が嫌いか？」

樹を見つめたまま、渚は小刻みに首を横に振る。ふわりと嬉しそうに微笑む彼に、鼓動《こどう》は高まるばかり。

紅潮する頬と鼓動の速さに急《せ》かされるみたいに、渚は樹に抱きついた。

「樹君……、好き……」

言ってしまった。

きっと一生、言うことはないと思っていた言葉。

素直に自分の気持ちを口にできることが、こんなにも嬉しくなるものだとは思わなかった。

抱きつく渚の頭を支え、樹は彼女の耳元に唇をつける。耳の縁《ふち》を食《は》み、舌でなぞった。

ピクリと震える渚の、腕の力が緩んでいく。それを待っていたかのように、唇同士が重なった。

さっきは優しくなぞるだけだったキス。樹の唇が開けば渚もつられて開き、唇を彼に任せる。

それに気を良くしたのか、樹の舌が口腔《こうこう》に滑りこみ渚の舌先に触れた。彼女が飲んだものとは違う、ちょっと苦いコーヒーの味がする。

渚は、酸味の強いブラックコーヒーは苦手。そんな味のコーヒーは、どちらかといえば樹の好みだった。

そんな風味が流れこんでくるのに、まったくイヤな気持ちにならない。かえって心地良く感じてしまうのはなぜだろう。

どうしたら良いのかわからず、渚の舌が縮まる。樹はまるで怯《おび》える子猫を手懐《てなづ》けようとするみたいに、舌先でやんわりとそれをなぞり、くすぐっていった。

唇は、付いたり離れたりを繰り返す。その感触がなんとも気持ちがいい。

ふと、渚の舌が樹の舌にすくい取られる。彼の口腔へ誘いこまれて軽く吸いつかれた瞬間、肩がぴくんと揺れた。

頭がぼんやりする。キスという行為は、こんなに気持ちの良いものなのだろうか。

「酔っぱらったみたいな顔してるぞ」

そう言いながら、樹の指が渚のスーツとブラウスのボタンを外していく。彼はくすりと笑って言葉を続けた。

「酔ってないんじゃなかったのか」

「……そのはず、だったんだけど……」

「いいよ。そのまま酔ってろ。俺も酔ってるから」

「嘘。樹君、酔ってるように見えない……」

「酔ってるよ……」

樹の唇が首筋を辿《たど》る。いつの間にか渚の胸を暴いた彼は、首の横に流れていた指輪を咥《くわ》え、それごと鎖骨に吸いついた。

「渚に酔って、泥酔《でいすい》寸前」

「いつ……き、くん……」

吸いつかれたあとの肌がジンジン熱い。服を脱がされていることへの恥ずかしさを感じる暇もないくらい、樹の言葉と唇に身体が酔っていく。

「幸せに酔うって、こういう気分なんだな。嬉しくて堪らない。おまけに渚と同じ酒で酔えたら、最高だ」

食事のときに同じことを言っていた覚えがある。渚はクスっと笑ってしまった。

「もっと酔わせて……渚……」

樹はソファから下りると、彼女を抱き上げた。

それも、お姫様抱っこ。初めて経験するロマンチックな展開に、渚は女心をくすぐられる。その上、樹にされているのだと思うと、嬉しいのと同時に恥ずかしくてドキドキした。

頭がぼんやりとする。本当に酔っているような気分だ。そのせいか渚は、重たいから放してと言うことができない。

樹は足でベッドの上掛けをずらし、そこに渚を下ろす。続けて上掛けを大きくめくると、自分の片膝も載せた。

「シャワー、使いたいか？」

「え……」

スーツの上着を脱ぎ捨てながら、樹が真面目な顔で聞いてくる。気を使ってくれたのだろうが、なんと答えてよいものか渚にはわからない。

一日働いて汗をかいているし、これから身体中を触られるはず。こういう場合は、やはりシャワーを使って身体を綺麗にしてからのほうがいいのだろうか。それとも……

（終わってから一緒にシャワーを使う、とか……）

本で読んだり、人から聞いたりした上での考えだが、いきなり一緒にシャワーなんて、大胆すぎるかもしれない。

自分の想像に照れを感じ、口元が歪《ゆが》みそうになる。だが、渚を見つめる樹が真剣な表情をしているので、おどけることも目を逸《そ》らすこともできない。

彼女の返事を待ちつつ、樹はネクタイを解《ほど》き、シャツのボタンを外し始めた。

返事をしなくては。しかし、なんて答えたらよいだろう。焦《あせ》るあまり、渚は咄嗟《とっさ》に問題を丸投げしてしまった。

「いっ、樹君は……？　どっちがいいの？」

「俺は……」

樹が、脱いだシャツをベッドの外へ放り投げる。彼は渚の横に腰を下ろし、彼女の肩を抱き寄せた。

「このまま、渚を抱きたい」

「このまま……」

「シャワーを使ったら、せっかく酔ってイイ気分になったのが少し醒《さ》める気がする。このまま、最高の気分で渚を感じたいんだ」

「樹君……」

樹がこんな甘ったるい言葉を口にできる男だとは、今まで想像したこともなかった。

ドライな性格が原因でふられ続けたという話は、嘘ではないかと思うくらいだ。

「じゃあ、あの……わたしも、このままでいいよ」

照れつつも必死で出した言葉。樹に合わせようと頑張る気持ちが伝わったのか、彼は表情を和《なご》ませ、渚のひたいやこめかみにキスをしながら服を脱がせ始めた。

すでにボタンが外されていたスーツとブラウスが、腕から抜かれる。顎《あご》をすくわれた渚が上を向くと、彼は唇の横にキスをした。

そっと触れてくる仕草は、堪らなく甘ったるい。わざとなのか肝心《かんじん》の唇へはキスをしてくれず、渚は痺《しび》れるような歯痒《はがゆ》さを感じた。

「大切にするよ。渚」

樹の声が、全身に沁《し》み渡る。無意識のうちにふるりと身震いをした直後、腰の力が抜けた。脱力し崩れそうになる渚の背を支え、樹はゆっくりと彼女をベッドに倒す。彼は背から手を離すのと同時にブラジャーのホックを外し、そのまま取り去った。

胸があらわになってしまったことを恥ずかしがる暇もない。あっという間に、スカートにストッキング、ショーツまで脱がされた。

首の横にずれていた指輪が、鎖骨の上に戻される。すると、渚の一糸まとわぬ肌に、二人の約束の証《あかし》が輝く。

樹の両手が身体の横に置かれ、彼に覆《おお》いかぶさるように見つめられた。

「予想以上に、女らしい身体つきになってたんだな……」

「は、恥ずかしいよ……。そんなこと言われたら……」

「どうして。綺麗だって、褒《ほ》めているんだぞ」

樹の手が肩口を撫《な》でて脇へ滑り、外側から片方の胸のふくらみを寄せ上げた。

ピクリと震える渚の肩。そこに、彼の唇と熱い吐息が落ちてくる。

「ずっと、この肌に触れたかった」

その囁《ささや》きに、全身が熱くなってしまう。唇が鎖骨を辿《たど》り、ふくらみを寄せ上げていた手がやんわりと動き始める。

こんなふうに胸を触ったことも、触られたこともない。渚は、だんだんとおかしな気分になっていく自分が不思議に思えた。

「あ……あの、樹君……」

「ん？」

「あの……、電気……」

戸惑うあまり咄嗟《とっさ》に口から出たのは、天井で煌々《こうこう》と輝く照明の存在。樹の行動に気を取られていたが、こんな明るい照明の下であられもない姿を見られるのは恥ずかしい。

「俺は渚の姿を見ていたいんだけどな」

そんなことを言われると心が揺らぐ。しかし樹は無理強《むりじ》いをせず、すぐにベッドを下りて照明を消しに行ってくれた。

灯りが、ゆっくりと暗くなっていく。最終的に常夜灯らしきものがぼんやりと残った。

樹の姿は確認できるが、この程度の明るさならば良いだろうと思える。

戻ってくる樹を見ると、彼はベッドへ近づきながらズボンのベルトを外し始めた。なんとなく恥ずかしくて、渚は目を逸《そ》らす。

衣擦《きぬず》れの音にも照れてしまう。この音がなくなったとき、彼も自分と同じような一糸まとわぬ姿になっているのかもしれない。

樹がベッドへ上がった気配を感じ、チラリと視線を流す。樹が枕のほうへ手を伸ばしているのはわかったが、なにをしているのかまではわからなかった。

「このくらいの暗さならいいか？」

「うん……、ありがとう」

「恥ずかしがり屋だな。渚は」

「だって……、普通は恥ずかしいと思うよ……」

こんな状況での普通がどういうことなのかはわからない。だが、樹は同意してくれた。

「そうだな、恥ずかしいな。興奮して抑えが利かなくなった俺を渚に見られると思うと、嫌われるんじゃないかって、ちょっと焦《あせ》る」

「こっ、興奮してとか……。もう、樹君っ」

樹が自分の緊張をほぐすためにふざけてくれたのだと思った渚は、アハハと笑い声をあげる。彼女にふわりと覆《おお》いかぶさり、樹もニヤッと笑った。

たまに見せる意地悪な顔。渚は反射的にどきりとした。

「こんな綺麗な肌を見たら、興奮するって」

そう言った樹が胸元に吸いつく。鎖骨に吸いつかれたときと同じピリッとした痛みが走り、渚は身体を震わせた。

「やっと渚に触れるのに……。興奮するなってほうが、無理……」

樹の両手が、腰から脇を撫《な》で上げる。くすぐったさとは違うゾワゾワとした感覚に、渚は背筋を伸ばした。

流れるように、両方のふくらみにも手が触れる。そこまで小さな胸ではないと思っていたのに、そのふくらみは樹の手にすっぽり覆《おお》われてしまった。

そのままゆっくりと揉《も》みしだかれ、ときおり指先が強めに肌を押す。まるで弾力を確かめているような仕草で、ちょっと照れくさい。

揉まれているうちに、さっきも感じたおかしな気分が再び湧き上がってくる。ふくらみからの刺激が身体を熱くし、わずかに息が荒くなった。

胸に愛撫《あいぶ》を与えながら、樹の唇は鎖骨や肩、首筋を這《は》っていく。首のチェーンに沿ってついばむようにキスをされ、吸いつかれる。その仕草は、渚に改めて指輪の存在を意識させ、幸せな気分にしてくれた。

ふくらみを包んでいる手が、上下に往復する。その瞬間、強い刺激が上半身を駆け抜け、渚はビクッと震えつつ身体をひねって彼の手から逃げようとした。

「……あっ……ぁ……」

おまけに、吐息にまぎれて切なげな声が出てしまう。

「ほら、逃げない」

斜めに上がった肩を樹に戻される。彼は片手で胸への愛撫を続けながら、もう一方のふくらみに唇を這わせた。

「大丈夫。渚が感じてきた証拠だから」

「しょ……しょうこ、って……」

ただ揉まれていたときよりも息が乱れ、声が震える。ふくらみを撫《な》でる指に、中央の突起が擦られるせいだ。

樹の手が動くたび、胸の頂《いただき》で硬くなったものがくりくりと転がされているのがわかる。

「これ……。感じてる証拠」

樹の舌がその突起を舐《な》め上げ、舌先でくすぐっては軽く吸いつく。何度も繰り返され、じんと痺《しび》れるような刺激が全身を走った。

「ん……！　ぁっ……」

反射的に声が上がる。驚いているときに出る声とはまったく違うそれは、意識して止めることができない。

「ぁ、あっ……やぁ……ぁっ」

硬くなった頂に吸いつかれ、樹の口の中で飴玉《あめだま》のように転がされる。もう片方は指で擦り動かされ、親指の腹でこねられた。

遊んでいるみたいに触られているのに、抵抗できない。また、する気も起きなかった。

胸から上半身に広がる刺激は、逃げてしまいたいほどくすぐったい。それでも、その行為をやめてほしくない気持ちもある。

徐々に腰の奥が重くなっていく。身体が焦《じ》れて動く、この感覚はなんだろう。

「樹く……アン……、やぁ……んっ」

歯痒《はがゆ》さのままに声が出る。その声色が思ったより淫《みだ》らに感じ、恥ずかしさのあまり渚の身体が一気に熱くなった。

しかし、なぜか自分が漏《も》らしてしまった声に、気持ちが昂《たかぶ》る。

「かわいい声だ……」

「樹く……ぅん……、あっぁ……」

「普段の声もかわいいけど、感じている声もかわいいよ」

「や、んっ……もぉ……」

「もっと出していいぞ。声を出したほうが、俺も渚も興奮するから」

「あぁっんっ……、もっ……ぉっ、エッチなんだか……らぁ……あぁっ」

出していいと言われれば、少し気が楽になる。恥ずかしいけれど、樹がいいと言ってくれるなら……

両胸を愛撫《あいぶ》しながら、樹の空いた手が渚の脇から腰をなぞり、腹部を撫《な》でていく。指の腹でへそを触られて腰が震えた。

「どこを触っても感じるんだな」

「やっ……だって……、触られるのなんて、初めてで……」

「そうだな……」

樹の手が太腿《ふともも》を下りていく。軽く閉じていた足のあいだに膝を入れられ、その隙間が広がっていくのを感じると、にわかに足に力が入った。

「緊張するなっていうほうが無理だとは思うけど、渚が不安にならないくらいほぐしてやるから……。俺を信じていろ」

「樹君……」

ほぐすとは、緊張のことだろうか。確かにいくら好きな人が相手でも、初体験の不安はある。樹は七つも年上だし、自分よりも色々な意味で大人だ。彼を信じよう。そう決めて、渚は意識して足の力を抜いた。

太腿に挟まれていた樹の手がさらに内腿を押し広げ、足の付け根を包むように覆《おお》う。

今まで胸にあった渚の意識が下半身へ移動する。力を抜こうとしていた足に、再び力が入った。

そのとき、カリッと胸の突起の根元を甘噛《あまが》みされる。「あっ！」と反射的に声を出すと同時に渚の身はすくみ、意識が胸へ戻った。

樹はそれを狙ったのかもしれない。秘部を包んだ手の中指が、恥丘《ちきゅう》からさらに中心部を目指して沈んだ。

「あっ……いつき、く……」

樹の指が、渓谷《けいこく》を軽やかに縦に擦る。すると、渚はそこに泥濘《ぬかるみ》が広がる感触を覚えた。

（やっ……だ、わたし……）

羞恥心《しゅうちしん》と共に、身体の熱が上がってくる。

いくらヴァージンでも、これがどういった状態を意味するのかわからないほど無知ではない。

樹のキスや愛撫を気持ち良いと感じていたものの、こんなにも自分が潤《うるお》っているとは思わなかった。

渚は胸にある樹の頭に手を添える。髪に差しこんだ指に力が入ってしまった。

「樹、くん、ダメ……ぇ」

吐息に混じる呟きは、きっと彼に聞こえていない。最初は中指だけだったものが、今は数本の指が渚の花芯《かしん》を擦っている。

樹の指が動くたび、くちゅりと音をたてる。それがとても恥ずかしいのに、同時になんともいえない気持ち良さが広がり、羞恥心《しゅうちしん》を忘れそうになってしまう。

「あぁ……や……ぁっ、あっ……」

漏《も》れる声は色を持ち、かすかに震える。すると樹が胸から顔を上げた。

「どうした、怖いのか？」

「わた……わたし……、ぁんっ、こんな……にっ……」

渚が言いたいことを悟ったのだろう。樹は彼女の震える口元にキスをする。

「悪いことじゃない。それだけ感じてくれている証拠だ。俺は、嬉しい」

「……樹君……」

「初めてで緊張している渚のここを、できる限りほぐして気持ち良くしてやりたいんだ。……だから、渚が濡《ぬ》れれば濡れるほど俺は昂《たかぶ》る。もっと感じていいぞ」

「い……つ、あっ……ん……ぁっ！」

花芯全体を撫《な》でていた樹の指が、蜜口をくるくるとなぞり始める。ほどなくして、そこに軽く指が挿《さ》しこまれた。表面だけではなく、中にも響く刺激。渚はつい腰を浮かせる。

確かに、気持ち良いと思ううちに、恥ずかしいという感情が薄れて身体が高まっていくような気がした。

花芯をぐっと押される感覚と共に、蜜口がきつく圧迫される感触。どうやら樹が指を深く挿しこんだらしい。

その指が、ゆっくりと動かされているのがわかる。吐く息を速くしながら渚が表情を歪《ゆが》めると、目尻に樹の唇が落ちた。

「どうした……。少し指が入ってるだけだ」

「こわ……怖いよ……。なにか入ってるのって……」

「馬鹿、こんなもので怖がってたら、俺が入れないだろう」

クスリと笑った樹の唇が、目尻から耳の裏へと移動していく。耳朶《じだ》を食《は》み、抑えきれない本音を囁《ささや》いた。

「早く渚とひとつになりたくて、おかしくなりそうなのに……」

淫《みだ》らさを感じさせる、甘い声。

それに、キュンと胸が締めつけられる。

好きな人に求められるということは、こんなにも気持ちが昂るものなのだろうか……

欲求を口にしても、樹は事を急がない。指をゆっくり出し挿れし、秘唇をなぞって、渚の心も身体もほぐれるのを待ってくれている。

下半身の異物感が怖かったはずなのに、やがて、そこから徐々にもどかしい疼きが広がってきた。

樹の指は、ときおり中を押すように動き、溢《あふ》れてくる蜜を外へ掻《か》き出す。

足のあいだがとんでもないことになっている気はするが、渚はそれをどうすることもできない。

吐息が深いものに変わり、感じることに抵抗がなくなってくると、自然と渚の腰が動いた。

「渚……」

甘やかすような優しい囁《ささや》き。樹は、こんな声を出せる人だったろうか。

心に浮かぶ疑問に答えを出す間もなく、樹が渚に口づける。

花芯《かしん》から指が抜かれ、訪れた解放感に一瞬腰が引《ひ》き攣《つ》った。

キスをしながら、樹が枕の下を探る。それを見た渚は、ベッドへ移ったときに、彼が枕のほうへ手を伸ばしていたことを思い出した。

「ちょっと、ごめんな」

唇を離し、樹が上半身を起こす。緊張していた渚の身体は、解放感に脱力し身動きできない。

彼女はくったりとしたまま樹を見るが、すぐに視線を逸《そ》らした。彼は小さな四角い包みを開け、なにかを取り出している最中だったのである。

——彼が手にしていたのは、コンドームだ。

樹はこうなることを予想した上で、渚の初めてをもらうために持参していたのだろうか。

(用意、良すぎ……)

それでも、渚の身体を気遣い用意していてくれたのは、嬉しい。

(大人だなあ……)

男性にとっては普通のことなのか、そうではないのか。それもよくはわからないが、樹が渚を大切に考えてくれていると思うだけで胸が締めつけられる。

「渚」

考えているうちに準備が終わったらしい。樹が再び覆《おお》いかぶさってきた。

「いいか？」

「……なにが？」

「渚をもらって、いいか？」

問いかける樹の瞳が熱を帯びる。このまま見つめ続けられたら、溶けてしまいそうだ。

樹を見つめ返し、渚はクスリと笑う。

「ここまでしておいて……。なんの確認なの……」

腕を伸ばして樹に抱きつくと、彼も渚を抱きしめる。彼は頭に回した手の指で、こつんと彼女の頭を小突いた。

「途中で泣かれないように、最終確認」

「じゃあ……、泣かさないで……」

「うん……」

樹の腰が足のあいだを進む。花芯に熱い塊《かたまり》を感じた瞬間腰が震えたが、渚は動揺を隠そうと樹の身体に強くしがみついた。

「大切にするよ……。渚」

蜜口にビリッと痛みが走る。反射的に腰が引けるが、ベッドの上なので逃げきれない。渚は喉《のど》を反《そ》らし、息を止めて叫び声をあげるのを耐えた。

樹の唇が重なり、彼はそのまま彼女の舌を絡《から》め取り激しく口づける。

「んっ……んっ！　……ンっ！」

ビリビリとした鋭い電流が全身を貫《つらぬ》く。中途半端に膝を立てた渚は、動くことができない。

そしてなぜか樹も動かず、ただ激しく彼女の唇を貪《むさぼ》っている。まるで、痛みから渚の意識を遠ざけようとしているかのようだった。

自分の中が、自分以外のもので埋められているという不思議な感覚。

「動くぞ……、いいか……」

「う……ん、あっ……ぁ……」

まともに返事ができない。次はどんな衝撃が訪れるのだろう。そう思うと不安で堪らず、渚は樹に抱きつく腕を離すことができなかった。

だが樹は渚から腕を外し、彼女の太腿《ふともも》を下からすくってもう少し膝を立てさせる。そして、それを押さえ、緩やかな律動を始めた。

「んっ……ぁ、いつき、くんっ……」

擦られる蜜口は痛むが、樹と繋《つな》がれたのだという嬉しさが心に沁《し》みる。

大好きな樹。

ずっとずっと、小さな頃から大好きだった人。

「樹くぅ……ん……」

渚の声に嗚咽《おえつ》が混じる。それに気づいた樹は膝から手を離し、彼女の頭を撫《な》でた。

「泣くなよ……。確認した意味がないだろう」

「ごめ……ん、……あっ……。嬉し……くて……。ぁんっ……」

大きく開かれた足が恥ずかしい。少し足の間隔を狭くしたが、それは樹の腰を挟んでしまうだけに終わった。まるで、彼にこのままでいてほしいと言っているかのような姿勢だ。

「俺も嬉しいよ」

渚を抱きしめ、樹は腰を揺らし続ける。

「渚と、やっと、ひとつになれて……」

泣くつもりなどなかったのに、渚は嬉しさのあまり涙が止まらなかった。

初体験の痛みも、今、彼とこうして身体と心を繋いだのだという幸せには敵《かな》わない。

「樹君……、大好きぃ……」

樹が渚の首の横に落ちている指輪を手に取り、彼女に口づけた。

渚は指輪を握る彼の手に自分の手を添え、ギュッと強く握りしめる。そのまま、樹がくれる愛情も快感も、余すところなく受け取った。

そして、指輪の約束がもたらしてくれたこの幸せを、樹の存在と同じくらい愛しく感じた……

夢のような夜だったと思う。

実際、夢だったらどうしよう。とはいえ、樹がプロポーズをしてくれた夢なのだから、それでも幸せだ。

でもやはり、夢でなければもっと幸せなのに——

とりとめのないことをぼんやりと考えながら、渚は目を覚ました。

彼女は、温かなベッドの中にいる。素肌に感じる、自分のものとは別の体温に、渚を抱く腕。

（……腕？）

渚は薄く開いていた瞼《まぶた》をさらに開く。顔を上げると、そこには自分を見つめる樹がいた。

「おはよう。渚」

「お……おはよ……」

——夢ではなかった……

渚は、ホテルのダブルベッドの中に樹と一緒にいる。彼の胸に頭を載せ身体を抱かれて、ぴったりと身を寄せ合っていた。

渚は改めて昨夜のことを思い出す。初体験の緊張から解放されたあと、けだるさに従いまどろんでいた。すると、彼女の様子を察した樹が声をかけてくれたのだ。

『渚、眠かったら眠っていいぞ』

彼の言葉と、脱力した身体に回された腕の気持ち良さに誘われて、渚は深い眠りに落ちてしまった。

そんな彼女を、樹は一晩中腕に抱いていてくれたのだろう。

（一晩中……）

そう考えると頬が熱くなる。

樹と夜を共にした。これは、今までにもあった彼の部屋で話をしているうちに寝てしまった、という状況とは違う。

もっと、大きな意味を持つことだ……

カーテンを閉めていなかったため、窓からは陽の光が射しこんでいた。どのくらい眠っていたのかわからないが、随分とよく眠った気がする。

「ぐっすり寝てたな。俺の目が覚めても、まだ渚が寝ててさ。涎《よだれ》垂らして寝てる顔をずっと眺めてたんだぞ」

「よっ、よだっ……」

渚は思わず片手で口を覆《おお》う。樹はハハハと笑って彼女の頭を撫《な》でた。

「冗談だ。昨日と同じことを言われて引っかかるなよ」

「いっ、樹君っ、酷《ひど》っ」

「でも、かわいい顔して寝ていたぞ。眺めていても飽《あ》きなかった」

このひとことで、からかわれた件は帳消しだ……

彼の前で眠って、こんなことを言われるのは初めてだった。身体を重ねた翌朝であるためか、渚は照れてしまって自分でもどうにもならない。

「眺めすぎていたせいで、もうすぐモーニングバイキングが終わる時間なんだよな」

「ええっ！　大変じゃない！　起こしてくれたらよかったのに」

「朝食より、渚の寝顔を見ていたかったんだよ」

「そ、そう……？」

「ああ」

なんとなく、樹がとてもご機嫌な気がする。

昨晩、彼と両想いだったと知って、渚は泣くほど嬉しかった。樹も、同じ理由で機嫌が良いのだろうか。

「もう少しベッドの中でゆっくりして、カフェでブランチでもしよう。なんだったら、もう一泊するか」

「な、なに言って……」

「おじさんとおばさんが帰ってくるのは明日だし、今日帰っても、渚は家で一人だろう？　そのくらいなら一緒にいようぜ」

家に帰っても一人きりなのは間違いないが、まさかもう一泊のお誘いを受けてしまうとは。

（樹君ともう一泊ってことは……。……そういうこと、よね？）

頭が〝泊まる〟という言葉に反応し、不埒《ふらち》な思考が動き出す。どう返事をしようか迷いつつ、渚は心配そうに口を開いた。

「でも、家にお父さんかお母さんから電話とかきてないかな。わたし、外泊するなんて言ってないし」

「よっぽどの用事ならスマホにかかってくるだろう？　渚のスマホが鳴っている気配はなかったぞ。まあ、家にかかってきていたとしても、『どこに行ってたんだ』って聞かれる前に俺が挨拶《あいさつ》に行くから、安心しろ」

「挨拶……？　あ……」

彼は渚にプロポーズをしてくれている。挨拶といえば、もちろん結婚の許しをもらうためのものだろう。

「でも、なんだか照れるでしょう？　うちのお父さんに、今更改まって挨拶なんて……」

「そうでもない。俺が渚を嫁に欲しがっているのは、すでにおじさんは知っているし」

「え？　そうなの？」

初耳だ。父からそんな話は聞いたことがない。

とはいえ、昔からつきあいがある樹に言われたこと。聞いていたのだとしても、父は冗談としか取っていないのではないか。

家族ぐるみで仲の良い樹に、『娘はお前になんぞやらん！』的なことを言ってしまう展開にはならないと思うが、そうあっさりと話が進むとも思えない。

まさかの修羅場《しゅらば》を想像して焦る渚に対して、樹は笑って余裕を見せる。彼は両腕で渚を抱きしめ、ハアッと息を吐いた。

「あーっ、離したくないっ。いまさら別々の家へ帰るなんて辛すぎる。いや、ありえない」

「樹君ってば、いつの間にそんなせっかちな人になっちゃったの？　らしくないよ」

「そうだ。さっさと入籍して、一緒に住むか」

「は？」

「結婚式は準備があるからあとになるけど、その準備についても二人でいたほうが話し合いもしやすいし、なにかと都合がいい」

「それはそうかもしれないけど……。でも、いきなり一緒にって……」

渚だって樹といたい気持ちはある。だがすぐに入籍して、いきなり一緒に住めるものなのか。

渚に一人暮らしの経験はないが、部屋を探すのだって色々と大変だろうと予想はつく。

「でもほら、部屋とかどうするの？　すぐに見つかるものでもないと思うし……」

そこまで言って、渚はハッと気づいた。

もしかして、親と同居という意味だろうか。二人とも一人っこなのだし、その可能性は高い。

とすれば、やはり近藤家のほうに住むべきかもしれない。樹のお嫁さんになるのだと考えれば、それが一般的だ。

渚は中学校卒業まで、近藤家に入り浸《びた》りだった。勝手知ったるなんとやらというくらい、家の中に詳しい。

もちろん、樹の母とも仲良しである。

住む場所がお向かいに変わるだけ。慣れ親しんだ近藤家なら、それでも構わない。

「そっか……、同居だったら、部屋探しとかしなくていいんだ……」

「なに言ってんだ。二人の新居で新婚生活を謳歌《おうか》しようぜ」

「でも、部屋が……」

「すぐに見つかったら、入籍して、一緒に住むか？」

「え……？」

どうも先ほどから、突拍子もない提案ばかりされているような気がする。

それでもノリ気な樹の姿を見ると、自分と一緒に住むことを考えて一生懸命になっているのだと嬉しくなる。

「そうだね。もし、すぐに見つかるなら、一緒に住みたいね」

「よーし、決まりだ。引っ越しで忙しくなりそうだな」

「まだ決まるかもわかんないのに。気が早いよ、樹君は」

楽しげな彼に、渚も笑いながら抱きつく。するとそのまま仰向《あおむ》けにされ、樹が上から見下ろす形になった。

「絶対にすぐ見つける。そうだ、このホテル、ブライダルサロンとかあるんだぞ。ブランチのあと見に行くか？」

「もうっ、ほんと気が早いんだから」

笑う渚の唇に彼の唇が重なる。笑い声はやみ、唇を吸い合う音が静かに響く。

色々と楽しみな提案が出されたものの、そんなに都合よく進むものでもないだろう。

両親が旅行から帰ってきたら、すぐに結婚の話をする。そこで承諾をもらったとしても、五月の連休は、結婚式場やマンションのパンフレット集めがせいぜいだ。

渚だって早く樹と住みたいが、だからといって、せっかくの新居に妥協をするのもイヤだ。二人が納得できる部屋を探したい。

渚としては、そう思っていたのだが――

翌日、渚はとても緊張していた。

今日は、両親に結婚の承諾をもらうために話し合いをする日。兄のように慕《した》っていた樹と結婚すると言ったら、両親はどんな反応をするだろう。

樹はかつて、父に渚を嫁に欲しいという話をしたことがあるそうだ。父がそのときの話を冗談だと思っていたなら、本気だったのかと酷《ひど》く驚くに違いない。

渚の両親は、よほど旅行が楽しかったらしい。温泉でふやけきったような朗《ほが》らかな顔をして、昼過ぎに帰ってきた。

その夕方、相沢家のリビングで渚の両親と樹の両親、そして、当の樹と渚が顔を合わせたのである。

どうせならまとめて話をしたほうがいいと、樹が両家の親を揃えたのだ。

ソファに樹と並んで座り、渚は膝で握りしめた両手を見つめる。緊張のあまり、手には汗が滲《にじ》んでいた。

そんな彼女の様子に気づかず、両家の両親は絨毯《じゅうたん》の上で座布団も敷かず気軽にくつろいでいる。温泉の話に花が咲き、放っておいたら夜までしゃべっていそうだ。

なぜいきなり呼び出されたのかを不思議に思う素振りもない。これから重大な話をされるとは想像もしていないだろう。

渚がチラリと樹を見ると、彼はとても深刻な顔をしていた。

(樹君も、緊張しているのかな)

考えてみれば、結婚の報告でより緊張するのは、どちらかといえば男性のほうかもしれない。

いくら家族ぐるみのつきあいがあっても気が張るだろう。冷静そうに見えても、きっと彼は密かに冷や汗を浮かべているに違いない。

それでも、渚と結婚するために、樹は頑張ろうとしてくれている。

彼の横顔を見ながら、渚の心に強い決意が生まれた。

樹と一緒に頑張ろう。万が一、父が怒り出すような事態になったとしても、絶対彼と一緒に説得をしてみせる。

どんなことがあっても、樹との結婚を認めてもらうのだ。そんな思いを胸に、渚は正面を向く。

それを合図にしたかのように、樹が口を開いた。

「今日は、ご報告があります」

改まった彼の声を聞き、いよいよだ、と渚の鼓動《こどう》が大きく跳ね上がる。

樹が発言すると親同士の話が止まった。これからされる驚くべき報告も知らず、親たちはニコニコしている。樹が決定的な言葉を発した瞬間、この笑顔は消えてしまうのだろうか。

渚は息を呑む。そして、樹が宣言した。

「渚にプロポーズしました。結婚します」

場の空気が凍り、一瞬の静寂《せいじゃく》が訪れる。

次にくる反応を覚悟して、渚が息を止めた途端――

両家の両親から、拍手が起こった……

(え……？　どうして、拍手……？)

渚は目をぱちくりとさせる。そんな彼女をよそに、樹の両親が手放しで喜んだ。

「樹も三十歳になるしな、いやあ、独り者まっしぐらじゃなくて良かった」

「渚ちゃんがお嫁にきてくれるなんて、嬉しいわあ」

次に、どことなくニヤニヤした渚の母から冷やかしが入る。

「良かったじゃないの。樹君みたいなしっかり者の年上さんに拾ってもらって。渚はホワホワしてるし心配だったのよ。それより、ちゃんとご飯を作りなさいね？　樹君は働き者なんだから、お味《み》噌汁《そしる》かけご飯とか食べさせちゃ駄目よ？」

なんとも恥ずかしい心配をされてしまった。そして最後に、一番気がかりだった父が口を開く。

「いやあ、そうかそうか。よろしく頼むよ、樹君」

その気楽そうな言葉に、渚は自分の耳を疑う。

まさか、こんなスムーズな展開になるとは思わなかった。この大歓迎ムードには、両親が娘の結婚問題に対して深刻になる気配など微塵《みじん》も感じられない。

樹は調子づいて渚の肩を抱き寄せ、親たちと笑い合う。

「それでですね、挙式はあとになりますが、すぐにでも入籍して一緒に住みたいって考えているんですよ」

樹が切り出した話題に、渚は改めて身構えた。

そうだ、問題はここだ。樹はすぐに部屋が見つかればと話しているが、両親は話が急すぎると思うだろうし、結婚式が近くなってからでいいと止めるかもしれない。

しかし、渚の父はその意見にもあっさりうなずいた。

「渚がいいなら、構わないぞ」

(え？　お父さん？　止めないの？)

父の反応を見て、渚はまたもや目をぱちくりとさせる。すると樹が、彼女の代わりに返事をした。

「渚は、すぐに住むところが決まるなら構わないって言ってくれているんです」

「そうか。で？　あてはあるのかい？」

「はい。うちの会社の不動産部に、実に頼りになる同僚がいまして。優良物件を二、三件確保してもらっているんです」

「ほう、それは仕事が早い。さすがだな、樹君」

(聞いてないよ！　そんな話!!)

驚いた渚は、動きどころか息まで止まった。物件の目途《めど》がついているなんて話は初耳だ。樹は昨日、そこまで言っていなかった。

すでに新居用の物件を押さえているということは、樹は最初からこういった展開に持っていくつもりで準備をしていたのだろうか。

「明日にでも実際の部屋を見に行って、気に入ったら決めてしまおうな、渚。会社の取扱物件だから、良い条件で入れるぞ」

渚の胸に渦巻《うずま》く疑念を意に介さず、樹は彼女の肩を抱く手をポンポンと弾ませる。その動きからも、彼の機嫌の良さが窺《うかが》えた。

疑いをぶつけることもできないまま、渚は調子を合わせて笑うだけ。

「う、うん……、そうだね」

性急に進んでいく結婚話。忙しくなる予感が胸をよぎり、気持ちが焦《あせ》る。

だが——

「良かったね、渚」

さっきまで冷やかしていた母が、ちょっと涙目になってお祝いの言葉をくれた。それが、渚の気持ちを落ち着かせた。

「良かった……。ほんとに……」

もう一度呟き、感極まったかのように口元を手で押さえる。そんな母の姿を見て、渚はハッとした。

先日の朝、樹の結婚問題の話を避《さ》けようとする娘を見て、切ない表情をした母を思い出したのである。

（お母さん……知ってた……？）

母はおそらく、幼い頃から樹に思いを寄せながらも諦めていた渚に、薄々感づいていたのではないだろうか。

聞かれたことも言ったこともないが、樹に接する渚の様子を長い間見て、母親の勘が働いたのかもしれない。

娘の恋の成就《じょうじゅ》を喜んでくれている母の気持ちが伝わってきて、渚は胸が熱くなった。

「ありがとう……お母さん……」

呟いた声は小さすぎた上、感動で震えてしまった気がする。

渚の様子を見て、樹が頭をポンポンとしてくれた。はにかんだ笑みを浮かべ、渚は彼と微笑みあう。

色々と心配していた気持ちは、家族の祝福を前に消える。

話がうまくまとまりすぎて怖いくらいだ。こんなにも幸せでいいのだろうか。……なんて思いもするが、樹と幸せになるための出だしが好調なのはいいことだ。

そしてなんといっても、樹と始める新しい生活の準備を思い、心躍らずにはいられない渚なのだった。

数日後の木曜日、二人は早速新居となる物件を見に行く予定をたてた。

第一に心配だったのは樹の残業だ。しかし、彼は新居を決めるということで張り切っていたのか、定時ぴったりに、帰り支度を済ませた状態で渚を待っていてくれた。

それも、営業企画課の前で堂々と。

「遅いぞ。何分待ったと思ってるんだ」

「まだ定時になったばかりだよ……。でも、何分待ったの？」

「二分」

「いっ、威張《いば》るほど待ってないっ」

話をしながら樹と並んで歩く。エレベーターホールへ向かう途中、渚は視線だけで周囲をチラチラと見回した。

フロアを行き来する社員の中に、樹と渚が一緒に歩いている光景を気にする者がいるのではと心配になったのである。

社内で樹と親しげにしていると、彼に好意を持っている女子社員の視線が痛いのだ。

もうすぐ正式に結婚をするのだから、そんな心配はしなくていいのかもしれない。だが、まだ入籍をしたわけでもない上、社内の誰にも結婚することを言っていない。気持ち的に、余裕が持てないのが本当のところだ。

樹がエレベーターの呼び出しボタンを押すと、ほどなくしてドアが開く。基内には五名ほどの社員が乗っていた。

男性が三人と女性が二人。その女性二人が、樹と渚を見た瞬間眉を寄せる。

なんとなく嫌な予感を胸に、渚は中へ足を踏み入れドアの前に立つ。エレベーターが動き出した途端、背後から機嫌の悪そうな声が聞こえてきた。

「……ちょっとぉ……、なにあれ」

「仕事が終わってもまとわりついてるみたい……。いい気になってない？」

「一緒に帰るつもりとか？」

「図々しい……。駐車場までついていってみようか……」

その囁《ささや》き声より、男性社員三人が話している声のほうが大きい。だが、自分のことを言われているのがわかる分、陰口のほうが耳が入ってしまう。

こういった嬉しくない状況は、入社して以来たびたび経験している。とはいえ、樹に言ったことはないので、彼は渚がそんな思いをしているとは思ってもいないだろう。

好きな人が誰からも好かれる人間なのは良いことだ。渚は、そう自分に言い聞かせるしかない。

「でも、君がついてきてくれて助かるよ」

重苦しく感じる空気に負けて俯《うつむ》いていた渚は、いきなり話しかけてきた樹の声に顔を上げた。見ると、彼はにこりと営業用の笑みを浮かべている。

「先方の社長は気難しい人でね。一人で訪ねるのは気が重かったんだ。若い女の子が一人でもいれば場も和《なご》むし、俺も話が進めやすい。ありがとう」

「い……いいえ……、え？　あの……」

急なことについていけず、渚はしどろもどろの返事をする。そんな彼女に、樹は明るく言葉を続けた。

「先方は企画のプロだからね。君も勉強になるはずだ。定時後の時間を使わせるのは申し訳ないけど、仕事に有益な話が聞けると思って勘弁してくれ」

「あ……いえ、そんな。べ、勉強させていただきます、課長」

にこやかだが、彼の仕事用の表情はとても凛々《りり》しい。渚はついつい見惚《みと》れて返事を忘れそうになった。

樹は、渚と二人で一緒にいるのは仕事なのだという雰囲気を作ってくれているのだ。それに気づき、渚は慌てて話を合わせた。

一階に到着し、エレベーターのドアが開く。渚は樹のあとに続いて降り、エントランスホールを通過してビルを出た。

外に出るまでは、背後で嬉しくない視線を向けていた女子社員たちも一緒だ。しかし、さすがに駐車場までついてはこなかった。

樹はきっと、彼女たちの話が聞こえていたのだろう。渚がおかしな目で見られないよう配慮をしてくれたのではないか。

彼が気にかけることではないと思っていただけに、置かれている状態に気づいてもらえて、少し嬉しい。

「あの……、樹君……」

車の助手席に乗りこみドアを閉めてから、渚はいつもの調子で声をかける。機転をきかせてくれた礼を言おうと思ったのだ。

運転席に乗りこんだ樹は、渚が礼を言うより先に彼女の頭をコツンと小突いた。

「気にするな。結婚すれば、あんなことはもう言われなくなる」

「……あ」

「奥さんにやきもちを妬《や》いて嫌味を言ったって、しょうがないだろう？」

「そ、そうだね……」

奥さん、という言葉に照れてしまった。渚は樹から顔を逸《そ》らし、熱くなる頬を気にしながらシートベルトを引く。すると、頬にキスをされた。

「だから、早く入籍しような」

いきなりの出来事に驚くあまり、渚はシートベルトを離してしまう。車内には二人だけだが、駐車場にはちらほらと社員がいる。後部座席にいるのならばまだしも、ここではフロントガラス越しに見られる可能性があるというのに。

「いっ……いつきくんっ」

渚はキスのせいでよけいに熱くなってしまった頬を押さえ、視線を彼に向ける。樹はまだ顔を寄せたままだ。さらに、にっこりと微笑まれて渚はなにも言えなくなってしまう。

「なっ？　入籍が楽しみだな、渚」

「へっ……へ、へ……や」

「ん？」

「……へ、部屋、き、決まったらねっ」

「ああ。そうだな」

動揺のあまり呂律《ろれつ》がおかしくなる。すると今度は、そんな渚の鼻の頭で樹の唇がチュッとかわいらしい音をたてた。

「よし。すぐに新居を決めて、すぐに入籍するぞ。渚は俺の嫁さんだって、誰にも文句は言わせない」

彼の甘ったるい声に、渚は息を呑む。心臓だけがとくんとくんと大きなリズムを刻《きざ》み、窒息《ちっそく》してしまいそうだ。

これが、ついさっきエレベーターで凛々《りり》しい顔をして仕事の話をしていた人物だろうか……

（い……樹君……。こんな面があったんだ……）

二人ですごしたこの前の週末。見たこともない甘い顔に、樹の新しい面を発見したつもりではいた。その上、今日もこんな態度を取られてしまうと、さらなるギャップでくらくらする。

彼がエンジンをかけたので、渚も慌ててシートベルトを締める。鼓動《こどう》はなかなかおさまらず、ベルトに締められた胸がいつもより苦しく感じた。

二人が新居用に紹介を受けたのは三軒。

事前に樹から物件に関する資料をもらっていたので、場所や間取りなどは渚も頭に入っていた。三軒すべてが優良物件で甲乙《こうおつ》つけがたい。一軒目を「いいな」と思い、二軒目で「ここもいいな」と感じ、三軒目では「全部いいな」と本音が出てしまった。

会社の取扱物件のため良い条件で入居できると樹が言っていた通り、社員特例で家賃も割安だ。

どれを選んでも文句はない。

「ここ……、いいなあ……」

それでも渚は、三軒目の物件を見ている最中、がらんとしたリビングの窓から外を見つめ、呟いた。樹は、物件を案内してくれていた不動産部の同僚と廊下で話をしていた。そのあいだ、渚が一人で部屋の中を探索《たんさく》していたのだ。

十四階建てのデザイナーズマンション。２ＬＤＫで六階の角部屋だ。部屋の広さや築年数などは他の二軒とさほど変わらない。だが、決定的に違うことがある。

「実家に近いからだろう？」

正解を口にしながら、樹が渚の隣に立つ。

何気なく振り返ると、開けっ放しになったリビングのドアから、樹の同僚がスマホで電話をしている姿が見える。彼に電話が入ったので樹が離れ、渚の傍《そば》に寄ってさっきの呟きを聞いたのだろう。

「ここは、俺たちの実家に近い」

樹が窓の外に目を向ける。建物の灯り、街頭や車のライトが夜の中に浮かび上がる光景。どちらの方向に実家があるのかハッキリとはわからないまでも、おそらく歩いて十分か十五分の距離だ。

「ここに決めないか？」

「え？」

「ここは一階から五階までが１ＬＤＫで、六階から十階までが２ＬＤＫ、その上が３ＬＤＫ。一人暮らしから子どもがいる世帯まで対応できる。……と、いうことは」

「……いうことは？」

「子どもができて家族が増えたら、そのまま上の階に移ってもいいってことだ」

「こっ……こどっ……！」

ドキリと、渚の鼓動が跳ね上がった。

入籍さえすれば、二人は正式な夫婦。子どもについても、これからの生活を考える上で、しっかりと意識しなくてはならないことのひとつだろう。

（樹君と……わたしの……）

考えようとするだけで体温が上がる。照れくささのあまり、渚は樹から顔を逸《そ》らし窓へ目を向けた。

しかし彼女の視線は、外の光景にではなく窓ガラスに映った彼の顔で止まる。とても嬉しそうに、くすぐったそうな笑顔を作る樹に――

胸が熱い。動揺で速く脈打つ心臓が、血液と一緒に幸せな気持ちまで全身に運んでくれている気がした。

「実家が近ければ、渚も安心だろう？　相沢の両親だって安心するはずだ」

「樹君……」

「喧嘩《けんか》したら、泣きながら実家に駆けこめる距離だし」

「そんな。駆けこんだりしないよ」

「いや、俺が駆けこむ」

「ちょっ……。やめてよ、もうっ」

渚が樹の冗談にムキになると、笑い出した彼に頭を抱かれる。実家の両親や渚の気持ちを考えてくれたことが、とても嬉しかった。

するとそのとき、廊下で通話をしていた樹の同僚がリビングに顔を出した。

「お二人さーん、ここ、どうする？　見送るかい？　今、内覧希望が重なってるらしいって連絡がきたから、早めに決めないと埋まるよ」

樹と渚は同時に振り向き、握りこぶしを作って声を合わせた。

「ここに決めたっ！」


細かい手続きは明日に持ち越し、夜の八時三十分を過ぎた頃、二人はやっと夕食を食べに行くことになった。

マンションの駐車場に停めてあった樹の車に乗りこみ、渚はハアッと息を吐いて助手席のシートにもたれかかる。

「ホッとしたらおなかすいた」

物件を見ているときは感じなかったのに、部屋が決まって安心したのか身体が空腹を訴えてくる。スーツの上からおなかをポンポンと叩く渚を見て、樹が笑いながら運転席に乗りこんだ。

「わかるわかる。俺もホッとしたら腹減った。なに食べたい？　少し酒が飲めるところへでも行くか？」

「車だよっ」

「だったら、ホテルにでも泊まって、明日一緒に出勤……」

「樹君ってばっ。もうっ」

積極的な彼の態度が、嬉しいやら恥ずかしいやら。渚は照れるあまり、ついポカポカと樹の腕を叩いてしまう。すると、身を乗り出した彼にギュッと抱きしめられた。

「家に帰って離れるのが嫌なんだよ……。わかれよ」

「……うん……」

嬉しくてニヤニヤしてしまいそうな口元を懸命に抑え、小声で返事をする渚。顎《あご》をすくわれ彼のキスが落ちてくると、本当に明日の朝、一緒に出勤でもいいと思えてきた。

「わたしもイヤ……。離れたくないよ、樹君……」

「本当か？」

「うん。ずっとこうやって樹君とくっついていたい」

「じゃあ、早く入籍しないとな。住む部屋も決まったし」

「もう、そればっかり」

「なんだ？　住むところが決まったらすぐ入籍しようって言っていただろう」

「まあ、そうだけど……」

あのときは、まさかこんなに早く新居が決まるとは思ってもみなかった。樹のことだから、明日にでも婚姻届をもらってくると言い出すのではないだろうか。

そんな予想をした渚がニコニコしていると、片腕で彼女を抱き寄せたまま、樹が助手席側のダッシュボードに手を伸ばす。彼はそこを開け、中から白い縦長の封筒を取り出した。

「家に帰ったらこれに名前書いて判を捺《お》して、明日持ってこい。昼休みにでも一緒に出しに行こう」

彼から封筒を受け取り、肩を抱かれた状態で封を開ける。中には薄手の紙が、折りたたまれた状態で入っていた。

それを広げた瞬間、渚は固まる。だが、彼女はすぐに目を見開いて樹を見た。

――それは、婚姻届だったのだ。

「鳩《はと》が豆鉄砲喰らったような顔をしているな。かわいいぞ」

「い、いや、そのっ……。だって、こんなものいきなり……、っていうか、これ、いつ用意したの！」

婚姻届は、ほぼ記入済みだった。おそらく渚の名前を書いて判を捺せば完成なのだろう。

「今日もらってすぐに書いた。保証人欄は上司に頼んだんだ。部屋を見に行く予定だったし、新居が決まればすぐに入籍ＯＫだなと思って」

「じゅ、準備良すぎだよお……。それに部屋も、今日決まるとは限らなかったのに」

「俺が渚の好みに合う物件を厳選したんだ。決まらないはずがない」

「なに、その自信」

先へ先へと準備を進め、根回しを怠《おこた》らない樹。

彼はいったいどれだけ、渚と一緒に暮らせることを楽しみにしているのだろう。どれだけ、渚との結婚を喜んでいるのだろう。

それを考えると、渚は嬉しくて照れくさくて堪らない。

「樹君ってば……」

婚姻届を握ったまま樹に抱きつく。きゅうっと腕に力を入れ、彼の耳元で囁《ささや》いた。

「大好き……」

樹の腕が渚の背に回る。彼に抱きしめられる幸せを全身で感じながら、渚は鎖骨の中央に下げられている、二人を結んでくれた指輪のことを思い出していた。


翌日、二人は予定通り婚姻届を提出した。

無事に受理され、市役所を出る。出入り口前の広いポーチで立ち止まり、樹と渚は顔を見合わせて微笑んだ。

――夫婦になった……

晴れて近藤の姓になった渚。感慨深さが全身を包む。樹も思うところがあるのか、大きく息を吐き晴れ渡った空を見上げた。

「……やっと……、渚と結婚できた」

やっと。――その言葉が胸に沁《し》みる。

幼なじみだった二人。渚はずっと樹が好きで、でも自分は妹みたいなものだから相手にされないと勝手に諦めていた。

樹も、同じ気持ちでいてくれているとも知らずに……

今日はそんな二人の想いが、やっとひとつになれた日。

目の奥が熱くなっていく。油断をすると泣いてしまいそうだ。

渚は涙線が緩むのを堪えようと奥歯を噛《か》みしめる。すると、そんな感動も吹き飛ばす勢いで、樹にバンッと背中を叩かれた。

「しばらくは忙しいぞ。引っ越しがあるからな。家具なんかも決めなきゃならないし、結婚指輪も見に行かないと」

「できるかな……」

「やるっ。一日でも早く渚と落ち着いて暮らすためなら、俺はやるぞ」

握りこぶしを作って張り切る樹を見て、渚はクスクスと笑う。ふと思い出したように、彼は言葉を重ねた。

「婚約指輪もちゃんと買ってやるから。心配すんなよ」

スピーディーに進んだ結婚話。渚は樹と結婚できるのだという嬉しさでいっぱいになるあまり、そこまで深く考えていなかった。しかし、彼はしっかりと意識していたらしい。

「結婚準備や、新居用にお金がかかるんだし、急がなくていいよ。特になくてもいいもの」

「一生の思い出に残る指輪が、もうひとつ増えるんだぞ?」

そう言われると聞き逃《のが》せない。そんなことを言う樹に、胸を熱くされっぱなしだ。渚は両腕で彼の腕にキュッと抱きついた。

「あのね、樹君、……確認しておきたいんだけど……」

「なんだ？」

「樹君、って、呼んでいいよね？」

「は？　いつも呼んでるだろう？」

「そういう意味じゃなくて……。ほら、夫婦になったんだし……」

「ん？」

結婚すると意識をしたときから漠然《ばくぜん》と考えてはいたものの、いざこの日を迎えると、どうしたら良いのかわからない。

渚は樹の腕により強くしがみつき、意を決して尋ねた。

「あ、ぁ……『あなた』とかじゃなくてもいいよね……。あの……、そのうち呼べるかもしれないけど、今は……『樹君』でいいよねっ」

会話の中で『あなた』と口にしただけなのに、恥ずかしくて堪らない。長いこと『樹君』と呼んでいた彼を、いきなり『あなた』と呼ぶのは照れが大きすぎる。

渚が顔を上げられないでいると、樹の手が彼女の頭をポンポンとする。誘われるようにゆっくりと視線を上げれば、愛しげに細められた双眸《そうぼう》が渚を見下ろしていた。

「俺、渚に『樹君』って呼ばれるの、好きだ」

「樹君……」

「そう、それ。なんか滾《たぎ》るんだよな」

「たっ、たぎっ……。またそんなこと言って……」

照れ隠しに文句を言いかける。だが、笑い声をあげながら樹が歩き出したので、渚は途中でやめてついていくことにした。

彼と腕を組み寄り添って、渚は夫婦としての二人が始まったことに心を躍らせる。

「……よろしくね……。旦那様」

呟くと、とても優しい声が耳に響く。

「こちらこそ。奥様」

大好きな樹と、本当の意味で結ばれたのだという幸せな実感が、全身に満ち溢《あふ》れた。


結婚をすると、様々な手続きが生じる。

苗字が変わるということもあり、女性のほうが変更手続きなどが手間だ。

バタバタしないよう、会社で結婚を公表する時期は、各種手続きや変更がしっかり済んでからという方針で進めた。

婚姻届を出した翌日に早速結婚指輪を選びに行った二人は、一軒目の貴金属店で気に入ったものを見つけ、それに決めた。

サイズの直しと、裏に二人の名前を刻《きざ》んでもらうため、仕上がりは来週になるという。

生活必需品や新しく用意する家具なども早々に決まれば、新居への引っ越し作業に追われた。

慌ただしく進む結婚準備は、順調に運んでいく。

そして、会社での各種手続きが済み、二人の指におそろいの結婚指輪がはめられたとき――やっと同僚や同課員たちに、二人の結婚を報告できたのだった。

第三章　甘い新婚生活

週明け月曜日。営業企画課は、朝からおめでたい話で盛り上がった。

朝の課内朝礼で、課長が渚の結婚を公表したのだ。同じように樹の結婚が公表された営業一課も、ざわついたに違いない。

樹と渚が幼なじみである事実を知らない者は、営業一課の課長が企画課の新入社員に手をつけたと、誤解をしてしまいそうである。

おまけに挙式は三カ月後の八月末。とりあえず先に入籍をしたと聞けば、これはもしや、おめでたではないのかと、あらぬ疑いをかけられてもおかしくはない。

営業一課では樹がうまく説明をしただろう。渚の場合、説明をしてくれたのは上司の課長なのだが、その言い方にいささか問題がある。

『二人は幼なじみで、昔からよく知っている気軽さもあって、あー、なんだ、そういうことになったそうだ。いやあ、良かったな』

聞きようによっては、なんとなく意味深だ……

お祝いで盛り上がった課内朝礼のあとは、通常通りに仕事が始まる。

企画会議後の小会議室で、渚と彩乃、俊一の新人三人はしゃべりつつ山積みの資料を片づけていた。

話題は自然と、渚の結婚話に傾いていく。

「でもさあ、ほんと、びっくりしたよ～」

しみじみと呟きながら、彩乃は両手で渚の左手を掴んでまじまじと眺めた。

「最近、なんか渚の出社時間が早いなー、バスにしてはおかしいな、とか思ってたんだよね。……まさか結婚して、旦那様の車で一緒に出社してたなんてね」

彼女の視線の先、渚の左手薬指には真新しい指輪がある。渚は照れくさそうに、輝くそれにも負けない眩《まぶ》しい笑みを浮かべた。

「それも、もう一緒に住んでるんでしょ？　なんなの。いつの間にって感じだわ」

「ごめんね、黙ってて。でも、黙ってるのも結構大変だった」

「そうだろうねえ。渚のことだから、まだ秘密にしておかなきゃならないって構えて、廊下で課長に会っても話とかできなかったんじゃない？」

渚は図星を指されて困り顔で笑う。実際、結婚したことを隠していた時期は、意外に辛かった。

以前なら、廊下ですれ違う際、『課長、お疲れ様です！』と何気なく言えた。ところが、彼の姿を見かけただけで頬が熱くなり、なにも言えなくなってしまったのだ。

近藤課長に憧れて彼の姿を目で追っている女性社員が見たならば、渚のそんな変化を、なんとなくおかしく感じていた者もいるのではないだろうか。

とはいえ、渚は結婚を公表してホッとしている。これで、樹と一緒に話をしている場面を目撃されたとしても、〝なんなの、この女〟という目では見られることはなくなるはず。

「ほんとに、あれよあれよっていう間に色々と決まっちゃったんだ。わたしもなにがなんだかわかんないうちに進んじゃって……」

渚がそう言うと、彩乃は笑ってうなずく。

「あー、なんかわかる。渚がボヤーッとしているあいだに、さっさと面倒なことをやってくれそうなタイプだよね。近藤課長って」

「大当たり」

彩乃の鋭い指摘を肯定《こうてい》し、渚は右手に持ったカップのお茶を飲む。

「トロくさいお前には、セカセカしている課長がちょうどいいのかもな」

冷やかしなのか悪口なのか判断の難しい言葉を吐き、俊一は腕を組んで溜息をついた。

どことなく、今日は朝から静かな彼。いつもは積極的に発言をする会議中も、言葉少なだった。

体調でも悪いのかと思っていたが、憎まれ口を叩けるくらいならば心配はいらないだろう。

そう感じた渚は、彼の言葉を笑い飛ばす。

「もうっ、失礼だなあ本当に。樹君……課長は、セカセカしてるんじゃなくてシャキシャキしてるんだよ」

つい、いつもの調子で呼びそうになってしまい、慌てて言い直す。やはり、結婚して気が緩んでいるところはあるのかもしれない。

渚の手を離し、彩乃は自分のカップを取る。

「それにしてもさ、いつの間にそういうことになってたの？　渚さあ、あたしにだって、課長はただの幼なじみだみたいな言いかたしてなかった？」

「うん、まあ、なんていうか、幼なじみとしか言いようがないと思ってたし……」

渚は彼が大好きでも、彼にはそんな感情はないだろう。ずっとそう思っていた。だからこそ、いくら親友でも、彼が好きなのとは言えなかったのだ。

「その〝ただの幼なじみ〟が特別な人になっちゃった理由ってなんなのよ。白状しろっ、こらっ」

「あっ、あやのちゃんっ」

渚の横へにじり寄ってきた彩乃が、肘でつつく。興味本意に聞かれているのはわかっているが、悪い話ではないのだし、友だちに話すくらいならば構わないだろう。

そう思った渚は、首元に覗くチェーンを引っ張った。

「実はね……。これなんだ……」

ブラウスの中に入れていた指輪を取り出す。すると、覗きこんだ彩乃が小首を傾《かし》げた。

「それ、見たことあるなあ。……大学入試のとき、渚、こっそり首にかけてたよね？」

「うん。ここぞっていう場面でお守りにしてたの」

「遊びに行くときでも渚はアクセサリーとか着けないから、珍しいなと思って覚えてたのよね。で？　それがなにかあるの？」

「このチェーンに通してある指輪、樹君にもらったんだ。樹君が就職したばかりのときに買ってくれてね。で、お返しに、わたしが社会人になったら欲しいものをあげるねって約束して、そしたら……」

「もしかして、それで、『渚を嫁に欲しい』とか言われちゃった？」

「う……うん、そんな感じ……」

話しているうちに恥ずかしくなってきた。浮かれる気持ちのまま樹君と口にしてしまった上、これでは盛大に惚気《のろけ》ているようなものだ。

失礼かとは感じつつも、現在フリーの親友に気を使って言葉を濁《にご》す。するといきなり強く両腕を掴まれ、ガクガクと揺さぶられた。

「きゃーっ、なんなの、なんなの、そのロマンチックな展開はっ！　この身持ちの固い初心《うぶ》な渚を落とすなんて、課長、やるーっ！」

「あっ、あやのちゃっ……おちゃ、お茶零《こぼ》れるっ」

「お茶くらい、お祝いにいくらでも拭《ふ》いてやるってば！　もーっ、あんたってば、かわゆく『わたしなんかでいいの？』とか言っちゃったんでしょう⁉　もーっ、かわいいわぁ、渚！　課長が羨《うらや》ましいっ。よかったねぇ、おめでとう！」

「あ、ありがと……」

公表されたときにもお祝いの言葉はもらっていたものの、やはり何度言われても嬉しい。幼なじみでしかなかった二人が結婚に至った理由を、彩乃はかなり気に入ったようである。彼女には珍しいほどの興奮ぶりだ。

残りが少なかったせいか、お茶が零れることはなかった。腕を放された渚は、よろよろとしてしまう。

「なんか、近藤課長、見直したなあ。噂《うわさ》では凄い仕事人間だって聞いていたし、面白味のない人なのかなとか思ってたんだ。でも、そんなイキなことができる人だったなんてねー」

彩乃の話を聞いていて、渚はなんとなく気分が良くなる。好きな人を褒《ほ》めてもらえるというのは、自分も気分が良いものだ。

しかし、その仕事人間が、家へ帰ればとんでもなくベタベタと甘やかしてくれる人だとは、さすがの親友も想像がつかないことだろう……

なんといっても渚自身がびっくりしている。プロポーズをされた夜から、彼の甘さにはずっと驚かされっぱなしだ。

なんだかんだと上機嫌でいた渚だったが、ふいに冷たい声が刺さった。

「そんな感動する話でもないんじゃないか」

言葉を挟んだのは俊一だ。彼は会議用テーブルにあったファイルをいささか乱暴に重ねながら、言葉を続けた。

「いい歳だから結婚しておいたほうが世間体がいい、だけど仕事人間だから婚活すんのも面倒くさい。そんなとき横を見たら、ちょうどいい具合に幼なじみがいた……、ってとこじゃねーの？」

彼の指摘に、彩乃がムッとして食ってかかる。

「ちょっと佐々木、あんたそんな言いかた……」

「年下の幼なじみを懐かせて、お兄ちゃんぶって傍《そば》に置いた挙句、大人になった途端にうまいこと手に入れたんだから、よくやるよ。その約束とやらも、だしにされただけなんじゃないのか」

「あんたねえ、おめでたい話に変な茶々を入れるんじゃないわよ。素直に祝ってあげられないの？」

「はいはい、めでたい、めでたい。じゃあ、おれ、これ資料室に置いてくるわ」

彩乃からのクレームもなんのその。俊一は重なったファイルを持ち上げ、二人の後ろを通り過ぎる。

彼の暴言に、渚は呆然としてしまう。そんな彼女に声をかけることもなく、俊一は小会議室を出ていった。

「なんだあ？　あの反抗期の子どもみたいな態度は」

彼が出ていったドアを見ながら、彩乃は腰に手をあて呆《あき》れた声を出す。彼女は言葉が出ない渚の顔を覗きこみ、人差し指を立てた。

「いーい、渚、気にしちゃ駄目だよ？　あれはね、友だちを取られたやきもち。よくいるじゃない。仲のいい友だちに彼氏彼女ができたら、その友だちを取られたような気分になって拗《す》ねるやつ。そのタイプよ」

「うん……。大丈夫、気にしてないから」

実際、渚が気になってしまったのは俊一のことではない。もっと別の、樹との約束についてだ。

平気な顔をして、渚はテーブルの資料を片づけ始める。「ほらほら、早く片づけちゃお」と彩乃を急《せ》かし、手を動かした。

そうでもしなければ、本当に疑ってしまいそうだった。

――その約束とやらも、だしにされただけなんじゃないのか。

そんなこと、あるわけがないのに……

＊＊＊＊＊

渚たちがそんな会話をしていた少しあと。樹は電話中だった。

「ええ、ありがとうございます。式は八月なんですよ。……はい、出すなって言われたって、招待状は送りつけます」

電話の相手と共にアハハと笑い、樹は通話を終える。

営業一課が入っている十階フロアの片隅で、彼はスマホを片手にフウッと息をつき肩の力を抜いた。

「何人目だ。これで」

もう覚えてもいいない。次から次へと電話がかかってくるので、三十分前に耐えきれずオフィスを出たのだ。

外回りに出た同僚の誰かが、樹の結婚を得意先で話したらしい。おかげで担当者や顔見知りの上役などから、ひっきりなしに電話がくる。

とはいえ、お祝いを言うために電話をくれているのだから、無下《むげ》にもできない。

「……仕事にならない……」

仕事に支障が出れば、その分、残業になってしまう。残業になったら、家に帰る時間が遅くなる。

「渚と一緒にいられる時間が減るじゃないか」

そう呟いてから、樹は自然と緩む口元を手で覆《おお》う。最近渚のことを考えると、気持ちが浮ついてしまうのだった。

（しょうがないだろう。新婚なんだぞ。浮かれるなっていったって無理だ。渚が傍《そば》にいるのに）

自分で自分に言い訳をする。彼の脳裏に浮かぶのは、かわいい新妻の姿だ。

真新しいエプロンを着け、サラサラの髪を後ろでまとめ、キッチンに立つ渚。調理用具を持って恥ずかしそうに笑う姿が、なんともいえず初々《ういうい》しい。

かわいがられて育った一人娘。たいていのことは母親がやってくれていたらしく、料理はたしなみ程度にできても、本格的に家事を教えられた経験はないとか。

近藤家に入り浸《びた》っていた頃も、樹の母親とお菓子を作ったり、夕食作りの手伝いをしたりはしていた。だが、樹の母も渚を甘やかしていたので、ガッチリと教えこまれてはいない。

それどころか『渚ちゃんが手を切ったらどうするの。樹、リンゴの皮剥いてあげて』と、樹のほうが色々とやらされていた気がする。

渚の母は結婚の許しをもらう際、『お味噌汁《みそしる》かけご飯とか食べさせちゃ駄目よ』と娘をからかっていた。いきなり新婚生活に突入したのだから、冗談めかしていても心配で堪らなかったことだろう。

しかし、樹の想像以上に彼女はしっかりと家事をこなしている。

おまけに渚は、新居で生活を始めてすぐに、楽しそうな笑顔で樹に言ったのだ。

『たくさん失敗すると思うけど、頑張るね』

自分のために頑張ろうとしてくれているのだと思えて、樹はとても嬉しかった。

渚だって働いている。夕食は、時間と気持ちに余裕があるときに作ってくれればいい。そう言ってあるが、一緒に暮らし始めてから彼女は毎日食事の用意を欠かさない。

本やネットで作りかたを調べ、意欲的に色々と作ってくれる。慎重に作っているのか、それとももともとセンスがあるのか、それらは失敗することなく食卓に並んだ。

その上、なにを作っても、高確率で樹好みに仕上がっている。こればかりは妻かわいさの欲目からくるものではない。……と、樹は信じていた。

やっぱり渚は俺をわかっている。そんな優越感を持たずにはいられない。

(そういえば……、入籍した日の渚、かわいかったな……)

愛しい妻への想いに浸る時間は続く。ふと思い出すのは、両親からの承諾を得て、新居が決まり、早々に入籍をした日のこと。

『あ、ぁ……「あなた」とかじゃなくてもいいよね……。あの……、そのうち呼べるかもしれないけど、今は……「樹君」でいいよねっ』

夫婦になったのだから『樹君』ではいけないと思ったのだろう。呼びかたひとつで真っ赤になっていた渚を、とてもかわいく感じた。

呼びかたなんてなんでもいい。いっそ気楽に呼び捨てだっていい。

結局は『樹君』のまま収まっているが、問いかけの中で『あなた』と口にした渚は照れて、しばらく目も合わせなかった。

とにかく、そんなかわいい妻が待っている楽しい我が家。一刻も早く帰って彼女を抱きしめるためにも、長々と残業などしていられるものか。

手の中のスマホは鳴る気配がない。ひとまず電話でのお祝い攻撃は収まったと見てよいだろうか。

「よし」

樹は見切りをつけて歩き出す。缶コーヒーでも買ってからオフィスへ戻ろうと思いつき、フロア内の休憩スペースへ向かった。

各階の休憩スペースには、三台の丸テーブルとパイプ椅子《いす》。そして自動販売機が二台設置されている。

偶数階には灰皿も用意されており、喫煙者の憩《いこ》いの場となっていた。

樹は、煙草《たばこ》は吸わない。大学生の頃、友だちの影響で一時的に手を出したことはあったが、渚が煙草の煙を苦手だと気づき、キッパリやめてしまった。

大学生の頃、渚が樹の部屋で煙草を見つけ、寂しそうな顔で言った言葉が、今でも心に残っている。

『樹君、煙草吸うの？』

『ん？　どうして？』

『……喉《のど》、嗄《か》れるって聞いたから……。樹君、いい声してるのに、もったいないよ……』

自分が嫌いだと言うのではなく、樹に気を使う渚はとても健気《けなげ》に思えた。

彼女にこんな顔をさせてはいけない。そのうち、『樹君、煙草の匂いがするからイヤ』と言って近寄ってくれなくなったらどうする。

そう考えた樹はそれから、煙草に手を出さなくなったのだった。

感慨深く過去の渚を思い出していると、彼は自動販売機の前に見覚えのある後ろ姿を見つけた。

濃紺《のうこん》のフレッシャーズスーツを着た長身の青年で、よく渚の傍《そば》で見かける姿だ。

この青年は渚と同じ営業企画課であるせいか、彼女を見かけた際はいつも目に入る。そのため、いつの間にか覚えていた。

(確か……、佐々木君っていったよな)

近づくと、なにやらブツブツと呟く声が聞こえる。なんとなく気になり、樹は意識して耳を傾けた。

「朝からニヤニヤニヤニヤニヤ、締まりのない顔しやがって……。一人で機嫌良くなってんじゃねーよ。ったく」

相性の合わない先輩に、なにか言われたのだろうか。彼は随分とイラついているように感じる。知る限り、営業企画課はチームワークが良く、課長からして気取りのない人物だ。渚の配属が決まったときは、良い課に当たったと安心したくらいなのだから。

とはいえ、人の感じ方は様々だ。文句が出るような状況だってありえるだろう。

樹は俊一の後ろから手を伸ばし自動販売機に硬貨を入れると、すぐにボタンを押した。

「え……、わっ！」

いきなり背後から伸びてきた手に驚いた俊一は、声をあげて振り向く。

「驚いたか？　悪いな」

「こ……、近藤課長……」

樹の姿を見て、俊一はハアッと息を吐く。考え事に集中していたため、気配にも気がついていなかったのだろう。

樹は取り出し口から缶を取ると、それを俊一へ差し出した。

「ほら。甘いコーヒーでも飲んで落ち着け。イラついた頭じゃ、良い企画案は出ないぞ」

「え……でも……」

「いいから、ほら」

「すみません」

樹から缶を受け取り、俊一はきまりが悪そうな顔をする。彼が自動販売機の正面からどくと、樹も自分のコーヒーを購入した。

イラついているらしい俊一に買ったのは、甘めのカフェオレ。樹も、なんとなく同じものにした。

「あの、課長、……ご結婚、おめでとうございます……」

控えめに、俊一がお祝いの言葉を口にする。照れくさいのだろうか、顔は樹のほうに向いているのに、視線が下に逸《そ》らされている。

朝から何度も聞いた祝福の言葉ではあるが、やはり言われれば嬉しい。渚とのことだと思えばなおさらだ。

「ありがとう。君に言われると嬉しいよ」

「な、なんでですか？」

「ほら、佐々木君は妻と同期だし、親しくしてもらっているようだから。やっぱり、二人のことを知っている人にもらうお祝いの言葉は、特に嬉しいものだろう？」

渚を人前で〝妻〟と呼んでしまった。意識すると妙に照れくさい。樹はニヤつきそうになる顔の筋肉を抑え、缶の口を開けてカフェオレを飲み始めた。

俊一もそれに続いて缶の口を開けつつしゃべり出す。

「でも、課長が、あいつと結婚するとは思いませんでした」

「そうかい？　課内の女の子たちには『幼なじみで結婚なんて、漫画みたーい』ってキャーキャー言われたんだけど」

「そうなんですか？　営業一課って課長のファンが多いって聞きましたよ。ブーイングされませんでしたか？」

「おいおい。根拠のない噂《うわさ》だな。そんなにもてたことはないぞ。残念ながらブーイングは起きなかったな。『お似合いですね』とは言われたけど」

「課長って、なんていうかセカセカ……じゃなくて、シャキシャキしている人だから、相沢さん……あー、……お、奥さんみたいなタイプは、トロくさく思って苛々するんじゃないかって考えてました。……あ、その、すみません……」

俊一はどうも言葉にしづらそうだ。いきなり同僚の苗字が変わってしまったのだから無理もない。旧姓を使いそうになり慌てて言い直すも、トロくさいなどと言ってしまい、気まずそうに言葉を濁《にご》していた。

(仲の良かった同僚がいきなり結婚したから、驚いているのかな)

引っ越しなどを終え、ひとまず社内での手続きが済むまで結婚のことは秘密にしていた。

もしかしたら仲の良い俊一としては、こっそり教えてくれてもいいんじゃないのかと不満に思った、というところかもしれない。

樹だって、渚が両親に旅行をプレゼントしたと聞いたとき同じような気持ちになった。支払いの件や場所の件などで悩んだのなら、少しくらい相談してほしかったと思ったのだ。

そう考えれば、俊一の拗《す》ねた態度も理解できる。樹は笑い声をあげて、さりげなく彼の言葉を訂正した。

「おっとりしているって言ってくれよ。でも、トロくさく見えてしっかり物事を考えるし、適当なことはしない、人の気持ちがわかるいい子だよ」

ちょっと惚気《のろけ》てしまった感はあるものの、その気持ちに嘘はない。

直後、俊一が勢いをつけて缶をあおる。年上の惚気にあてられたのだろうか。申し訳なさが生まれるが、意外にも彼は話にのってきた。

「そうなんですよね……。すっごく優しいんですよ。……なんか、イヤなことを言われても言った人を責めないっていうか、かえって気を使ってくれるっていうか」

俊一が缶を見つめながら口にする褒《ほ》め言葉は、なんとなく照れくさそうに聞こえる。拗ねた態度を見せてしまったあとなので、本人も気まずいのかもしれない。

とはいえ、渚を褒めてもらえるのは気分の良いものだ。

「でも、だから……、課長とのことも気を使ったのかな、とか……」

俊一が声のトーンを落とす。今までとは違う雰囲気を感じて、樹は口をつけかけていた缶を離して彼を見た。

「聞きましたよ。課長があげたっていう、指輪の話」

「指輪……、ああ、あの話か」

渚はなんでもかんでもペラペラと話してしまう性格ではない。おおかた、親友の彩乃に結婚に至った理由を追及されて、指輪の思い出を語らされたというところだろう。

「話を聞いた同僚の女子が、凄く興奮していましたよ。ロマンチックだって」

「そうかい？　女性からしたら、やっぱりそうなのかな」

「課長も、よくそんな約束覚えていましたよね。女は約束とか記念日とかを覚えているものですけど、男ってそんなに気にしないでしょう」

「俺もそれほど気にしているほうじゃないよ。仕事関係は別として。でも、この約束だけは特別だった」

「……あいつ、そんな約束を覚えていた課長に、気を使っただけなんじゃないんですか……」

「え？」

樹は缶から再び口を離す。一方、残りを一気にあおった俊一は、缶を空き缶用のダストボックスへ放り、樹に頭を下げた。

「ごちそうさまでした、課長。おれ、仕事に戻ります」

「……ああ、頑張って……」

なんとなく淡々とした口調になってしまった。樹は無言で、立ち去る俊一の後ろ姿を眺める。

――最後の彼の言葉に、吐き捨てるかのような、投げやりなものを感じた。

樹はここへ至るまでの、俊一の言動を思い出す。

そこから導かれる、あまり嬉しくない結論。

「……なるほど……。そういうことか」

樹は残りのコーヒーをあおると、眉を寄せ嘆息《たんそく》した。

気にするつもりはなかったが、少々不愉快な思いが胸を埋める。こんな間近で、自分以外の男が渚に好意を向ける様子を感じたのは初めてだった。

そう理解すると、渚の傍《そば》で頻繁《ひんぱん》に彼の姿を見かける理由が変わってくる。仲が良い同僚だからではなく、彼がわざわざ渚に構っているため、いつも一緒にいるのではないかと……

（ありえる……）

無意識に力がこもり、ぱきっという音と共に手の中の缶がへこんだ。

「課長、すみません」

カラになったコーヒーの缶を見つめていた樹に、慌てた声がかかる。声のほうに顔を向けると、営業一課の部下が眉根を寄せて駆け寄ってきた。

「注文住宅の案件で、変更希望が出ているらしいんです。ただ、デザイナーとメーカーにも話が通っていて、仮見積もりも出ていて……」

部下は、かすかに苦笑いを浮かべている。仮見積もりが出ているのなら話し合いは済んでいるはずなので、この段階での変更は客側の無茶ぶりでしかない。

本来ならば担当者がクライアントの説得にあたるべき場面。上司の樹に報告が回ってくるということは、手に負えないか、クレーム寸前の案件かだ。

俊一の皮肉を気にしている場合ではない。余計な感情と空き缶をダストボックスに投げ入れ、樹は仕事モードに戻る。

「もしかして、郊外の別荘か？」

クライアントが気難しく、担当者が手を焼いているはずの件だった。初期段階でも変更希望が多く、そのたびに担当者が奔走《ほんそう》していたので樹の目にもついていたのだ。

「担当者はどうした？」

「変更希望を出されてサンプル集めに走っています。メーカーから借りてこないとならない、特殊なものばかりで……」

「変更箇所は？」

「外壁と、壁紙関係です」

樹は腕を組んで考えこむ。だがすぐに指示を出した。

「担当者を呼び戻せ。クライアントに振り回されているだけだ。埒《らち》があかない」

「はい……。でも、クライアントのほうは……」

「インテリアを担当するデザイナーと工事の主任に連絡をつける。二人を連れて、俺が説明に入ろう」

「課長がですか？」

驚きつつも、部下の声はほっとしたように跳ね上がる。この案件は、樹が言った通り若手の担当者が振り回されてばかりの厄介《やっかい》なものだったからだ。

そこに見かねた上司が軌道修正に入る。担当者にしても、内情を知っている同僚にしても、この措置《そち》は有難い。事態の好転がおおいに期待できる。

樹はスマホを取り出し、耳にあてながら部下と話を続けた。

「あのクライアントは、物珍しい材料に目移りしがちだ。それをすべて受け入れてやっていたら、家なんかいつまでたっても建たない。確実なプランを提供するのが営業の仕事だ。クライアントが目移りしないくらい、選んだ材料やデザインを納得するまで説明する。担当者だけで手に負えないなら、専門のデザイナーに同行を頼む。専門家が説明をするだけでクライアントの満足度は違うものだ。——あっ、もしもし……」

話しているあいだに、電話の相手が応答した。樹が連絡を取ったのは、今回の別荘を担当するインテリアコーディネーターだ。

壁紙などについてはインテリア部門の仕事になる。デザイナーの予定を聞いて、クライアントへの説明に同行してもらうつもりだった。

早く担当者と連絡を取れという意味をこめて、樹が部下に向かって顎《あご》をしゃくる。部下は一礼し、オフィスへ戻るべく廊下を引き返していった。

そのとき、樹は廊下の途中によく見知った顔を見つける。

資料整理の最中なのか、胸にファイルの束《たば》を抱えた渚が樹を見つめていたのだ。

いつからいたのだろう。俊一が立ち去ったあとだというのはわかるが、仕事の話に集中していて気がつかなかった。

渚は、ふんわりと微笑んでいる。かわいい妻の顔が見られたことで、樹は俄然《がぜん》張り切り出した。

『もしもし？　近藤君？』

樹の声がしないので、相手はおかしく思ったようだ。渚に見惚《みと》れている場合ではない。彼はスマホを持ち直し、話を始めた。

「ああ、すみません。実は同行をお願いしたい案件があるんです。……はい、よくわかりましたね。例の別荘の件で……」

話しながらチラリと渚を見ると、彼女は『頑張れ』とでも言うように、握りこぶしを作って小さなガッツポーズをしている。

その微笑ましさに口元が緩みそうになるが、樹は意識して表情を引き締め、軽く手を上げた。

愛しい妻のもとへちゃんと帰るため。そう考えるだけで志気が高まっていくのを、樹は感じていた。

＊＊＊＊＊

それから数時間後。渚は帰宅して家事に励《はげ》んでいる。

新居のキッチンは、とても綺麗だ。汚れもなく、調理用具や調味料も真新しい。

ショールームのように綺麗なそれらは、ほやほやの新婚家庭の雰囲気に満ち溢《あふ》れている。

そこに白いエプロン姿で立つ渚は、初々《ういうい》しい新妻そのもの。

(樹君のお嫁さんになったんだから……)

その思いが渚を張り切らせる。無理して毎日夕食を作らなくていいと樹に言われているものの、一緒に暮らし始めてから欠かしたことはない。

くるっと炊飯器《すいはんき》を振り向き、保温マークを確認する。

「うん。ご飯も炊《た》けてる。よしっ」

あとは樹が帰ってきたら仕上げをするだけ。両手を腰にあて、渚は満足げにうなずく。

新入社員という立場のため、残業続きになるような大きな仕事はまだ担当させてもらえない。そのおかげで、十七時三十分の定時に帰れる。

だから、夕食の準備をするのに問題はないのだった。

「うん、美味《おい》しい」

切り取ったとんかつの端っこを口に入れ、味見をして感想を漏《も》らす。

今日もいつものように定時退社だった渚は、一時間ほど遅くなるという樹のために夕食の準備中だ。

膝丈のフレアースカートとVネックカットソーというラフなスタイルに、肩紐と裾《すそ》に同布のフリルが付いたデザインのエプロンをしている。それも色は白。

それだけで、かわいらしいワンピースでも着ている気分になる。

このエプロンは、渚の母がプレゼントしてくれたもの。五枚ほど買ってもらった中に入っていた。

チェック模様であったり、ワンポイントであったり無難なデザインが多い中、これだけが異彩を放つかわいらしさだったのだ。

冷やかしか、それとも新婚の娘に対する純粋な思いやりなのか……

自分の母ながら真意を図《はか》りかねていた渚だが、樹はこのエプロンを一番気に入ったらしい。彼はそれを見た瞬間、渚にあてて満面の笑みを見せた。

『わー、かわいいじゃないか！　似合うぞ渚！　俺が帰ってきたとき、これで出迎えてくれよ！』

かつて、あんなに無邪気で嬉しそうな樹を見たことがあっただろうか……

（今までの樹君のイメージでは……）

渚の脳裏に、ふっと苦笑いを漏らす樹が思い浮かぶ。

『うん、せっかくお義母《かあ》さんがくれたんだし、たまにはするんだぞ』

そう言って理解を示しながらもエプロンを手に立ち上がり、そそくさとタンスの奥にしまってしまうイメージ。

彼はそんな、クールな男ではなかったか。

こんなことを考えたとき、渚はふと、今日会社で見た樹の姿を思い出す。

トラブルになりそうな案件に指示を出し、アドバイスを与えていた彼。あの雰囲気には、正直見《み》惚《と》れた。

（かっこよかったなあ……。樹君……）

この人が自分の旦那様なのだと思うと、密かに優越感さえ生まれた。渚はニヤつきそうになる口元を抑えるのに苦労していたのだ。

整理する資料を運んでいる最中だったが、彩乃と一緒ではなくて助かった。

もし隣にいたなら、確実に冷やかされていただろう。

夫の勇姿に心を弾ませながら、渚は下準備を終えた食材を確認する。

「とんかつ揚《あ》げた、玉ねぎ切った、出汁《だし》も作った。調味料も出してあるし、卵は冷蔵庫の中……」

そこまで口にした彼女は、ハッとした顔をした。

「あ、お風呂」

お風呂の用意を忘れていた。渚がバスルームへ向かおうとしたとき、ドアチャイムが鳴りドアが開く音がした。

「渚ー、ただいまー」

旦那様のお帰りだ。ひとまずお風呂の準備を後回しにし、渚は玄関へ行くためキッチンを出る。しかし、先にリビングのドアが開き、樹が入ってきた。

「あっ、おかえりなさい。今お出迎えしようと思ってたのに」

「そう思って急いで入ってきた。俺の勝ち」

「なにそれー。じゃあ明日は樹君が入ってくる前に玄関に出るんだからっ」

渚は対抗心を燃やしつつ両手を出す。すると、樹が近寄ってきてキュッと渚を抱きしめた。

「はいはい、抱っこな」

「ちっ……違うよっ、かばんっ」

「両腕出したから、お帰りのギュッかと思った」

「も、もうっ、なに言ってるのぉ」

そう言うものの、樹に抱きしめられたまま渚は身動きをしない。彼の鞄《かばん》を持っていないほうの手が背中をポンポンと叩くのが、とても心地良かった。

「いい匂いがするな。今日も夕飯作ってくれたのか？　疲れてたらデリバリーか弁当でいいんだぞ」

「大丈夫。もっと仕事ができるようになって残業ばかりの身分になるまで、ちゃんとご飯作るよ」

「そうか。じゃあ企画課の課長に、渚にあんまり仕事を回さないでくれって言っておくよ」

「やめてよー、怒られるよ」

「冗談だよ」

身体を離し、笑いながら二人でキッチンに入る。渚は夕食の仕上げをするつもりで入ったのだが、樹はメニューを確認したかったようだ。

「今夜の夕飯わかる？」

渚の問いに、樹が即答する。

「とんかつ」

「残念でしたー」

不正解だと言い、渚は料理台に置いていたボウルを取って冷蔵庫へ向かう。卵をボウルに入れて振り向くと、樹が腕を組んで眉を寄せた。

「渚、ちょっと聞いていいか？」

「なに？」

「もしかしてだけど、これから先、玉子丼、他人丼、メンチカツ丼とかって、卵で食材を固めた丼が続くのか？」

大正解に、渚はたじろぐ。指摘を受けなければ、おそらく続いていただろう。

「い、樹君っ、そういうこと言っちゃ駄目っ」

卵を入れたボウルを調理台に置き、渚は樹に詰め寄る。鞄《かばん》を床に置いた彼は、両手を胸の前で立てて少し意地悪な顔をした。

「このあいだ作ってくれた親子丼が美味《うま》かったし、たぶんそれで味を占《し》めているんだろうなって。でもいいぞ、丼物好きだし」

「もういいよ、今度は卵を使わない丼物を作るんだから」

「結局丼かよ。あ、でもそれなら、俺、渚が作った牛丼が食いたい」

「じゃあ今度、樹君のお母さんにレシピを聞いてこようかな。あれ、凄く美味《おい》しかったし」

手を下ろし、樹がポンポンと渚の頭を撫《な》でる。

「渚は偉いな。前向きで、一生懸命で」

「だって、樹君が食べたいんならちゃんと覚えておかなくちゃ」

「気を使ってくれる……か。そう言われるはずだよな……」

「ん？　なに？」

「なんでもないよ」

ポツリと呟いた樹の声が聞き取れなかった。何気なく聞き返すものの、彼は誤魔化して渚のエプロンの肩紐をつまむ。

「それにしてもかわいいなー。渚はさ、こういうひらひらしたものも似合うぞ」

「そうかな、なんだか照れるんだけど」

「……脱がせたいな」

「えっ……？」

いきなりかけられた不埒《ふらち》な囁《ささや》き。エプロンのフリルをつまんでいた樹の手が渚の肩を掴み、彼の顔が近づいた。

唇同士が触れた直後抱きしめられる。繰り返し唇を吸われ、心地良い気分に誘われて渚も彼のスーツを掴んだ。

樹の舌が唇の隙間《すきま》をノックすれば、渚は控えめにそこを開く。すると、彼の舌が口腔《こうこう》に滑りこんで、彼女の舌を誘った。

こんなキスにも、だいぶ対応できるようになった気がする。とはいえ、渚が自分でそう思っているだけなので、樹からしてみればまだまだかもしれない。

樹はもっと、積極的なほうが好きだろうか。彼がリードしなくても、自分から求めていくべきか。そんなことを考えて戸惑うことも多いが、たとえそうだとしても、渚にはまだ自分から求めるなどできない。

絡《から》め取られた舌が吸われ、唇で擦られる。心地良さにぼんやりしていると、彼の片手がエプロンの上から胸をまさぐり出した。

「渚……、エプロン脱がせていいか？」

「だ……だめだよ……、ご飯の支度が……」

囁《ささや》く彼の声は艶《つや》っぽい。脱がされるのはエプロンだけでは済まない雰囲気だ。

これから食事の支度がある上、お風呂の準備もしていない。彼に応じてあげるわけにはいかない。

「ぬっ、脱がせちゃ駄目だからねっ」

「わかった。じゃあ、エプロンは脱がせない」

わかってくれたらしい。ホッとするものの、なぜか彼の腕は離れない。

それどころか、胸をまさぐっていた手をエプロンの横から滑りこませてカットソーをめくり上げ始めた。

「い……、樹く……」

「大丈夫。脱がせないから」

エプロンの下で服が胸の上まで捲《まく》られ、ブラジャーのカップが下げられる。ぽろっと姿を現した胸のふくらみを樹は手で包み、やわやわと揉《も》んだ。

「樹くっ……、やぁっ……」

渚は思わず肩を跳ねさせる。彼に押されるまま身体を移動させると、腰がシンクにあたった。押しつけられた上体が反るのに合わせて、渚はシンクの縁《ふち》を両手で掴んだ。

彼女の身体を押しつけた樹は、エプロンを胸の中央までずらし、姿を見せたふくらみの頂《いただき》に吸いつく。胸から離した手で自分のネクタイを緩めてから、もう片側もエプロンの上から揉みしだいた。

「んっ……ぁ、……ぃつき……くぅ……」

「んー？」

頂を咥《くわ》え、舌で乳首を転がしながら樹が返事をする。チュウッと吸われると、ビリビリした疼きが腰に走った。

「恥ずかしいよぉ、これ……」

「じゃあ、脱がせていいだろ？」

わかってやっている。半分ずらされたエプロンから零《こぼ》れる乳房。そんな恰好で胸を愛撫《あいぶ》されて、渚が恥ずかしがらないはずがない。

渚が返事に困っているあいだも、彼の手と舌は止まらない。胸を揉《も》んでいた手はエプロンの腰紐を解《ほど》き、フレアースカートを捲《まく》り上げながら太腿《ふともも》を撫《な》で始める。

スカートの下は素足だ。彼の手の感触は、ダイレクトに肌へ伝わった。

「ご……ご飯食べてからじゃ……、駄目……？」

「渚がかわいすぎて止まれない」

嬉しいが恥ずかしいことを言ってくれる。ちゅるちゅるっと乳首を吸われ、上半身に痺《しび》れを感じていると、樹の手が内腿へ回ってきた。

ショーツのすぐ傍《そば》まで迫ってきた手を止めようと、渚は足を閉じる。

「だめだよぉ……」

しかし、足を閉じても樹の手はそこにある。内腿で指先を動かされ、くすぐったくて立っていられなくなった。

「あ……ゥ、ンっ……」

焦《じ》れた声を漏《も》らし、渚はぺたりと床に座る。彼女の動きに合わせて樹も身を沈めたので、彼の手も唇も離れない。

手を挟んでいた足の力が緩み、樹の手がショーツの上から秘部に触れる。そのまま指が縦線をなぞった。

「やぁ……、樹く……」

膝から下を閉じようとしたが、樹の腕が挟まり無理だった。指はショーツの上から掻《か》くみたいに上下し、花芯《かしん》の中央を押す。

渚がもじもじと腰を動かしても、彼の手はそこから離れない。やっと乳房を解放した唇が、渚の真っ赤になった耳元に寄せられた。

「脱がしていい……？　渚……」

「ん……もぅ……、樹君はぁ……あンっ」

「脱がないと、びちゃびちゃになるぞ」

「ご飯、遅れて……、おなかすいたって泣いても、知らな……あぁっ」

ショーツがすでにしっとりとしてしまっているのが、自分でもわかる。脱がせたいというのはエプロンの話だったはずなのに、いつの間にか下着にすり替わってしまっていた。

「腹減って泣くより、渚が欲しくて泣きそうだ」

樹は渚のエプロンを外し、カットソーとブラジャーも取り去る。彼は続けてスーツの上着を脱ぎキッチンの床に投げると、その上に彼女を横たえた。

（えっ？　こ、ここでっ!?）

渚に、にわかに動揺が走る。ベッド以外で迫られるのは初めてだ。

あたふたしているあいだに、スカートとショーツも脱がされる。四《よ》つん這《ば》いになって渚を見下ろした樹が、彼女の首筋にキスをした。

「渚のこんなかわいい姿をいつでも見られるなんて、最高だな」

「は、裸になってるだけだよ……」

「服を着ていても着ていなくても、渚はかわいい」

「さっきはエプロンを褒《ほ》めてたくせに……」

「じゃあ、裸にエプロンだけ着けるか？　かわいさ倍増だぞ」

「なんかマニアックな感じだからヤダっ！」

結婚してから、樹は渚をよく褒めてくれるようになった。結婚前も『えらい』などの褒め言葉をくれる人ではあったが、今はもっぱら『かわいい』に代わっている。

結婚したことで、気の使いかたを変えたのだろうか。言われればもちろん嬉しいのだが、あまりにも言われすぎると逆に不安にもなる。

「まあ、いいか。裸にコレだけ着けているっていうのも充分エロいし」

呟いた樹は、渚の首の横に流れていた指輪をチェーンの中央に戻し、鎖骨に置く。そこにキスをして、改めて彼女を見下ろした。

「すっごくかわいい……。堪らなくそそられるよ」

「そればっかり……。結婚したからって、そんなに気を使って『かわいい』を連呼しなくてもいいんだよ？」

照れくささのあまり、渚はちょっとひねくれた言葉を口にしてしまう。笑って流されるかと思ったが、樹はとても真剣な声を出した。

「かわいいものをかわいがって、なにが悪い。素直にかわいがられろ」

「わっ、わけがわかんないよ」

反抗的な返答をした唇を、彼のそれでふさがれる。キスをしながら、樹はネクタイを取り、シャツを脱いだ。

「渚がかわいいから、今日はすっごく気持ちいいことしてやる」

「え……、な、なに……」

「セックスに慣れないうちはびっくりするかなと思って避《さ》けていたんだけど……、もういいよな」

「あのっ……」

そんな言いかたをされるとドキリとする。樹は慣れないうちは、と言うが、今だって慣れてはいないと思う。

プロポーズをされて初体験を迎えた日から、まだ一カ月も経っていない。一緒に暮らし始めて以来、ほぼ毎日求められてはいるが、毎回樹に翻弄《ほんろう》されっぱなしだ。

手で胸のふくらみを揉《も》みつつ頂《いただき》に吸いつく樹の唇が、少しずつ下へ移動する。腹部に唇を這《は》わされると、くすぐったくて腰が揺れた。

膝を曲げて足を震わせていた渚は、その足を撫《な》でる樹の手つきにうっとりする。まるでマッサージをされているように気持ち良い。

やがて、彼の手が渚の足を左右に大きく開いた。

てくれる。


「樹君……あの……」

途端に戸惑いが湧き上がってくる。樹が言った、すっごく気持ちのいいこととはなんだろう。

キッチンの天井を見つめながら、渚は未知の体験の予感にドキドキした。

樹は、セックスのたびに気持ち良くしてくれる。渚を優しく大切に扱って、身体も心もとろかしてくれる。

なのにこれ以上、なにをしようというのだろう。

(ま、まさか、なにか道具でも使うとかいうんじゃないよね……。っていうか、それって気持ちいいのかなぁ)

悩むあまり、思考がとんでもない方向へ飛んでいく。話には聞いたことがあれど、それは渚にとって未知の話だ。

(や、やだっ、樹君以外で気持ちがいいはずないじゃない)

渚の戸惑いは続く。すると、広げられた足のあいだに、ぬるりとした感触が訪れた。

「ひゃっ……ぁ……!」

奇妙な声をあげ、渚は思わず上半身を浮かす。両肘をついて視線を下げれば、足のあいだに樹の頭が見えた。

「い……樹君っ……」

彼は目の前にさらされた、渚の恥ずかしい部分に舌を這《は》わせている。下から中央を大きく舐《な》め上げ、戻って同じことを繰り返す。

彼の舌先が蜜口からぴちゃりぴちゃりと愛液をすくい、上に控える小さな秘芽《ひが》をくすぐった。

「ぁっ……、ふンッ、……んっ」

今まで指で秘部に触られたことはあっても、唇と舌で愛撫《あいぶ》を施《ほどこ》されるのは初めてだ。

確かに、経験が浅いうちからこんな刺激的なことをされれば、驚いたに違いない。愛するゆえの行為のひとつなのだから気にする必要はないかもしれないが、少なくとも渚は、戸惑ってしまって集中できないだろう。

樹はそれを考えて、待っていてくれたのだ。

（樹君、優しい……）

彼の思いやりを感じると、ほんわりと心が温かくなる。

つられるように体温が上がり、彼がくれるこの快感を素直に受け入れたいという思いでいっぱいになった。

指で触れられるのとは違い、ぬるりと柔らかくなぞり上げられる花芯《かしん》。蜜口を探る舌先はとてもソフトで、心地良い。

「んっ……あ、あんっ……、やっ、変っ……」

激しい行為では決してないのに、酷《ひど》く花芯が疼《うず》く。

もっとしてほしい。もっとこの柔らかな感触が欲しい。そんな欲求が湧き上がり、自分自身でも恥ずかしくなる。

「気持ちいいか、渚」

「……ぅん……、すごく……」

声が震える。ふと、先にシャワーを浴びておけば良かったと後悔した。

気持ち良いのは間違いないが、場所を考えると羞恥心《しゅうちしん》が湧いてくる……

「あ、あの……、樹君、お風呂入る？」

「沸《わ》いてるの？」

「あ……、まだ……」

「あとで一緒に入ろう。今、やめる気になれないから」

彼の舌が再び花芯を舐《な》め上げ、蜜口に吸いついた。

吸引の刺激にピクリと腰が震える。花芯全体に広がる温かさが、彼の吐息のよるものなのか、溢《あふ》れ出ている自分の愛液によるものなのかすらわからない。その気持ち良さに、渚は床に広げられた彼のスーツの上で身をくねらせた。

「あっ……ぁ、ぅ、ぅんっ……樹君……」

絶えず喘《あえ》ぎが漏《も》れ、腰がもぞもぞと動く。徐々に、蜜口から奥の部分が疼いてきた。

指で探られているときならその部分を刺激してもらえるが、舌ではそうもいかない。かといって、奥を触ってほしいなんて、渚の口から言えるはずもなかった。

「樹くぅ……ん……」

だが彼女の泣きそうな声で、樹はその状態を悟ったのかもしれない。彼は唇を離し、指で秘芽《ひが》をさすりながら上体を起こす。切なげに顔を歪《ゆが》める渚と視線を合わせ、優しく問いかけてきた。

「もっと気持ち良くなりたい？」

「そんなの……恥ずかしくて、言えなぃ……」

「恥ずかしくない。それに大好きなかわいい奥さんに求められて、嬉しくない男はいないぞ」

「樹君、も……？　ぁっ、んっ、……」

「夕食そっちのけで頑張れそうなほど嬉しい」

渚はクスッと笑ってしまう。すると、早く答えてくれと急《せ》かすように、秘芽を擦る指の動きが心なしか大きくなった。

そうなると渚の気持ちも昂《たかぶ》る。もそもそと動く足の動きが速くなり、彼女は樹の首に両腕を回した。

「樹君と……、気持ち良くなりたい……」

その途端、花芯《かしん》から手が離れる。一瞬このままここで事に及んでしまうのかと思ったが、渚はすぐに抱き上げられた。

「じゃあ、ベッドに行こうか。ここじゃあゴムもないしな」

「ここでされちゃうかと思った」

「シチュ的には変わっていて興奮するかもしれないけど、渚の背中が痛くなったらかわいそうだから、駄目」

笑いながら彼女を姫抱きにして、樹は寝室へ急ぐ。

樹は、彼の強い希望で購入したダブルベッドの上に渚を下ろし、ズボンのベルトを外しながらちょっとだけ煽《あお》るみたいに口を開いた。

「でも、たまには刺激的なこともしたいから、家中どこでもできるように、色んな場所にゴムを置いておこうかな」

「い……いつきくんっ、エッチだなぁ、もうっ」

「渚限定で、すっごくいやらしくなれる自信がある」

慌てる渚をさらに照れさせ、樹はベッドの宮棚に付いた引き出しからコンドームを一個取り出す。

そして、「ちょっと待ってて」と言って封を切った。

毎回のことではあるが、この〝間《ま》〟というものが、渚はどうにも気恥ずかしい。準備を施《ほどこ》す彼をじっと眺めているわけにもいかないし、かといって照れ隠しにペラペラしゃべるのは興醒《きょうざ》めだろう。

(樹君は、そういうこと思わないのかな)

そう考えているうちに渚は気になっていたことを思い出した。口にしづらいことだが、今なら言ってもいいような気がする。

「樹君って、いつもそういうもの持ち歩いてるのかと思ってた」

「どうして?」

「だってほら、初めてエッチしたとき、……それ、持ってたでしょう? 普通のホテルだったのに」

品名を口にしづらくて、渚は目を逸《そ》らしたままコンドームを指さす。

準備ができたらしい彼は、渚の両足を開いて膝を立たせ、そのあいだに腰を入れつつ答える。

「そりゃあ用意もするさ。あのときは、絶対に渚をもらうつもりで臨《のぞ》んだんだから」

「やっぱり意識してたんだー。……い、今は持ち歩かないの？」

我ながら大胆な質問だ。だが持っていたなら、それこそキッチンでされていたのではないかとも思った。

「持っているのが男のたしなみ、みたいには言うけど、俺はもう持ち歩く気にはならないな」

「どうして？」

渚がそろりと顔を向けると、ニヤリと笑う樹と目が合う。その瞬間、花芯《かしん》を押し広げられ、渚の腰が跳ねた。

「家に帰ったら、こんなかわいい奥さんがいるのに。そんなもん持って歩いてどうするんだ」

「あ……あっ、あ……、いつきくっ……」

自分の中が埋められていく感覚。いつもながらこの充溢感《じゅういつかん》には身体が固まってしまう。

ゆっくりとした律動に、隙間《すきま》なく埋まった蜜口が引《ひ》き攣《つ》る。初体験のときは出し挿《い》れの痛みが辛かったのに、あのときの辛さが嘘のようだ。

渚は刺激されるまま中を収縮させ、樹を受け入れていった。

「ハァ……ああんっ、やぁ……」

「気持ち良さそうな声だ。そんなかわいい顔してくれるなら、もっと気持ち良くしてやるからな」

「んっ……も、あっ……あぁっ……樹君、かわいいって言いすぎ……。ああんっ……」

「いいだろう。やっと遠慮なく言えるようになったんだから」

渚の両足を胸に抱え、樹は深く腰を進めて覆《おお》いかぶさってくる。

奥深くまで到達する樹の滾《たぎ》りの感触に、渚は背を反《そ》らした。

「んっ、あっ……！　あっ……樹く……、昔は、そんなに言わなかっ……たぁあぁっ！」

「ばーか」

その言葉と共に最奥をえぐられ、泣きそうな顔で樹を見上げると、下がった目尻にキスをされた。

「七つも年下の女の子に、『かわいい、かわいい』って言ってベタベタくっついてたら、俺、通報されるだろう」

「いつき、くぅ……ん……」

「だから、今まで我慢していた分、かわいがらせろ」

「わ、わけわかんな……あああっ……！　やぁんっ……！」

ゆっくりと滾りを突き立てていた樹は、やがてリズミカルな抽送《ちゅうそう》を始める。

目尻にあてていた唇で耳の縁《ふち》を食んでから、彼は上体を起こし、胸に抱いていた渚の両足を肩に抱えて腰を打ちつけた。

揺さぶられると乳房が上下に揺れ動く。その様《さま》が、まるで自分から触ってと誘っているかのようで、渚は淫《みだ》らな気持ちになった。

「誘われてるみたいだ……」

同じ感想を樹に言われ、両手で乳房を揉《も》み上げられる。乳首をくにくにとこねられると、両足に力が入った。すると、嬉しそうな声で樹が指摘する。

「気持ちいいか？　中がキュッて締まるからわかりやすいな」

「やっん……、もぉ……あぁ、そんな、言っちゃ、……やだぁっ……あっ！」

「本当だぞ。……ほら……」

つままれた乳首をちょっと強めにひねられ、渚は反射的に胸を突き出すようにして上半身を震わせる。一瞬だけ痛いと思ったが、すぐにその場所がじわじわと疼く。

もう一度、今度はもっと激しく触ってほしいような……おかしな快感が広がり始め、渚の内股に力が入った。

「渚、キツイ……。感じすぎ……」

「やぁっ……、そ、そんな……あぁっんンっ……だって……ぇ」

「俺がもたないだろう。そんなに締めたら」

「ンッ……ぁあん……、やだぁ……樹くぅん……っ」

「ごめん。恥ずかしいよな」

快感にほだされながらも、渚は困った顔をして両頬を押さえる。自分の淫らな反応を聞かされると、堪らなく恥ずかしい。

それがわかったのか、いや、もともとわかっているのか、樹はクスリと笑い渚の胸から手を離した。

続いて抱えられていた足が下ろされ、彼の滾りが抜ける。息をつく間もなく、身体を引っくり返され、うつ伏せにさせられた。

腰を持ち上げられ両膝をついてすぐに、後ろから再び滾《たぎ》りが埋めこまれた。

正常位とは違う挿入感に、渚は顔の横のシーツを両手で握りしめる。

後ろから腰を打ちつける樹が、片手で渚の背中を撫《な》でお尻の丸みを辿《たど》った。挿入で敏感になっている全身の肌が、指の動きに反応してゾクゾクしてしまう。

おまけに彼の手は、まるで胸のふくらみを揉《も》んでいるかのようにお尻の丸みを愛撫《あいぶ》する。くすぐったいのに気持ち良くて、渚は歯痒《はがゆ》い快感に膝が崩れそうだった。

「樹く……いつ……あぁっ！　ヘン……あっ、あっ……！」

やがて渚は、強い高揚感に見舞われる。最近、セックスの後半で訪れるようになった感覚だ。渚はシーツを握りながら、顔を擦りつけるみたいに左右に振る。

激しい昂《たかぶ》りが下半身から広がって、全身を包んでしまいそうで怖い。

眩暈《めまい》にも似た感覚が襲い、意識が飛んでしまいそうだ。

「いつきく……ん、ダメ……ダメぇっ……！　もう……、動いちゃっ……ぁ！」

両足に力が入り、樹自身をきつく締めているのが自分でもわかる。渚がこの状態になる意味を承知している彼は、背から覆《おお》いかぶさり彼女を諭《さと》した。

「足の力を抜け……。イけないぞ、渚……」

「やっ……、やっ、こわ、い……！　あぁ……あっ！」

彼に貫《つらぬ》かれて得る、この快感が嬉しい。なのに、最後にやってくる高まりが渚を惑《まど》わせる。

この波に呑まれてしまったら、自分はどうなってしまうのだろう。とんでもなくみっともない淫《みだ》らな姿を、樹の前にさらしてしまうかもしれない。

（樹君に……嫌われちゃうよ……）

泣きたいくらい切なかった。これが〝イク〟という感覚の前兆なのだろう。

素直に感じたいのに、このあと自分に訪れるものが怖い。

「いつ……いつき、く……、あぁ、あっ！　やぁっ、ダメぇっ……！」

深く腰を入れたまま、樹は渚の顔を傾ける。唇を合わせ、舌を絡《から》めて、戸惑いが混ざる喘《あえ》ぎごと吸った。

そうしながら、片手で彼女の花芯《かしん》を撫でさする。愛液を絡め取った指が、興奮して熱くなった秘《ひ》芽《が》を滑《なめ》らかに擦った。

蜜窟《みつくつ》の中で溜《た》まり、解放してもらえない快感。歯痒いそれが樹の手の動きで解放されそうになり、渚は内腿を痙攣《けいれん》させた。

「いつっ……、んっ……！」

「いいから。そのままイけ」

かすかに離れた樹の唇が再び吸いつき、腰が強く打ちつけられる。

秘芽を擦られる快感に下半身が震え、力が入った瞬間、彼の腰が密着したまま止まった。

互いの唇が、大きく熱い息を吐く。

小さな絶頂感に渚が震えていると、果てたらしい滾りがゆっくりと抜けていった。

樹がシーツに転がり、腰を上げたまま動けない渚を抱き寄せる。がくりと身体を崩し、彼女は彼の胸に収まった。

「怖がりだな。渚は」

「ごめ……なさい……。だって……」

「大丈夫だよ。そのうちちゃんとイけるから」

樹が渚の髪を撫《な》で、ひたいにキスをする。優しさを感じて、渚は嬉しさのあまり彼に抱きつき、その胸に寄りかかった。

「樹君、大好き」

「んー？　気持ち良くしてもらったからか？」

「もう、ちがうよっ」

笑う彼につられて笑い声をあげながら、渚は抱きつく腕に力を入れる。

昂《たか》まりきった快感が弾けるあの瞬間を彼と一緒に感じられたら、どんなに幸せだろう。

そのうち、抱かれることに身体が慣れたなら、それも叶《かな》うのだろうか。

渚は心の中で、待っててねと呟き、足をパタパタ動かして樹の胸に頬を擦りつける。その仕草が愛しさを誘ったらしく、樹は渚を強く抱きしめた。

「なんだなんだお前はっ！　かわいいなあ！　夕食やめてもう一回するか！」

「だ、駄目っ。せっかく下準備したのにっ。カツ丼作るのっ」

「カツは揚《あ》げてあるんだし。とんかつのままでいいよ。だるくて動きたくないだろう？」

「やだっ。作るよ！　樹君にあったかいカツ丼食べてもらう！」

ムキになる渚の頭をポンポンとして、樹は笑うのをやめた。

「わかった。作ってもらうから。でも、もう少しこうやって渚に触らせてくれ」

「うん……」

樹の手が、何度も何度も渚の頭を撫でる。

いつまで続くのかと思いつつも、彼がくれる愛情が堪らなく嬉しい渚なのだった。

（結婚して、良かった……）

第四章　思い出が消えるとき

結婚を公表した当初は、会社でなにかと良い意味でからかわれたり、話のネタにされたりした。

しかし日が経つにつれ、それも落ち着いてくる。

六月初旬――入籍して、約二週間。やがて樹と渚が結婚したというのは物珍しい話題ではなくなり、すっかり〝近藤渚〟が定着しつつある。

寿退社をするのかと尋ねられたこともあったが、渚にはその気がなかった。

仕事に関しては、樹は好きにしていいと言ってくれている。続けたいと言ったときも『頑張り屋だな』と褒《ほ》めてくれた。

続けようとする渚を不思議がったのは、彼女の結婚を知った友だち関係、とりわけ彩乃がその代表だ。

『渚はさ、結婚したら専業主婦のかわいい奥さん、みたいな感じになるイメージがあったんだよね。家で旦那さんを待ってる的な』

自分にそんなイメージを持たれていたとは、それを聞いて初めて知った。

以前、俊一に『トロい』と言われたことを思えば、仕事に向いていなさそうな雰囲気があるのかもしれない。

しかし、渚は樹と同じ会社に入りたくて頑張ってきたのだ。その努力を無駄にはしたくなかったし、会社にいれば、樹の近くにいられる。

そして、思っていた以上に仕事が楽しい。

渚にとっては、今の環境は実に充実しているのだ。

「はいどうぞ」

そんなある日の就業時間中。渚がオフィスで仕事をしていると、頭上から目の前に缶のミルクティーが現れた。パソコンのキーボードを打つ手を止め、目をぱちくりさせた渚はそれを凝視《ぎょうし》する。

視線で缶の先を追うと、上に彩乃の顔が見えた。

「彩乃ちゃん」

「そうやって見上げて口を開けてると、雛鳥《ひなどり》がエサを待ってるみたいでかわいい」

「なにそれっ。……これ、くれるの？　ありがとう」

渚は両手で缶を受け取り、椅子《いす》ごとくるりと半回転する。彩乃と向かい合い、彼女が持っているカフェオレの缶を指さした。

「あ、それ。うちの旦那さんがよく飲んでるやつだ」

「そうなの？　これ結構甘いよ」

「うん。ちょっと甘いものが欲しくなったときとかに飲むって言ってた」

「新婚で毎日甘いのに？」

「あ、彩乃ちゃんっ」

からかわれた渚が慌てると、彩乃は悪気なくアハハと笑う。

「惚気《のろけ》ごちそうさま。それならカフェオレのほうがいい？」

「ううん。ミルクティーでいいよ。ひと休みしたいところだったんだ。ありがとうね、いただきまーす」

早速缶の口を開ける。渚が飲み始めると、彩乃もカフェオレ缶の口を開けた。

「六月に入ったし。もうすぐ入籍一カ月でしょう？　だから、一カ月祝い」

意外なお祝いをもらってしまった。渚は大きな目を見開いて彩乃を見る。

「ん？　缶ジュース一本くらいでケチくさいとか言わないでよ？」

「言わないよ。まさかそんなことを言ってもらえると思ってなかったの。ありがとう」

「出産祝いのときは張りこむからね。早めに頼むよー」

「あ、彩乃ちゃんってば、もうっ」

「でさ、どうなの？　この一カ月間の新婚生活とやらは。まあ、毎日すっごく機嫌良く張り切ってるっていう課長の噂《うわさ》を聞けば、見当はつくんだけど」

「は……張り切ってるって……、なんで彩乃ちゃんがそんなこと知ってるの」

「噂よ、噂。営業一課の女子が話してたよ。『ここのところ、毎日精力的ね』って」

「や、やだなぁ、彩乃ちゃんってば、もうっ！」

渚が反応したのは〝精力的〟の部分。彩乃は別におかしな意味で言ったわけではないだろう。渚は、必要以上に焦《あせ》ってしまった。

我ながら意識しすぎだと感じる。照れるあまり、俯《うつむ》きながら缶に口をつけた。

「お前、まだこれ着けて歩いてんの？」

すると、彩乃ではない声がかけられる。俊一だ。渚が顔を上げようとした瞬間、首のチェーンをうなじから引っ張り上げられた。

ブラウスの中に隠れていた指輪が首元に現れる。渚は、いつもは髪を下ろしているが、今は後ろで一本にくくっていた。俯いたときに襟からプラチナのチェーンが覗いたのだろう。

「きゃっ、……あ、あんまり引っ張らないでねっ、佐々木君っ」

「あっ、ごめん」

慌てて首の横でチェーンを押さえると、彩乃の近くに立っていた俊一が手を離す。

その途端、指輪がチェーンの先で揺れる。渚はホッと息を吐いてから、眉を寄せて彼を見た。

「もう、切れたらどうするのよ」

「心配なら着けてくるな」

「誰かに引っ張られるなんて想定してないもの」

「最初のうちだけかと思ったら、毎日着けてきてるよな」

「いいじゃない、別に」

「あれあれ？　ちょっと待って、佐々木」

二人の会話に彩乃が割って入る。なにかに気づいたらしい彼女は、にやりと笑って俊一の肩をポンと叩いた。

「あんた、なんで渚が毎日これ着けてるって知ってるの？」

「はあ？　見ればわかんじゃん」

「あたしは気がつかなかったよ。だって服の上に出してるわけじゃないし、渚は首元の開いたブラウスは着てこないもの。今みたいに髪を縛《しば》って俯きでもしなきゃ、チェーンは見えないんじゃない？」

「それで？」

「毎日渚を観察でもしない限り、わかることじゃないって意味よ。……なんだなんだ、佐々木ぃ。色っぽくなった人妻を眺めてばっかりいちゃ、いけないぞー」

ニヤニヤしながら、彩乃は俊一の肩をポンポンと叩く。彼は「アホか」と文句を口にし、その手を払った。

鋭い彼のことだ、からかい半分の憶測《おくそく》で口にしたら、当たってしまっただけかもしれない。

そうは思うが、俊一がどことなく照れた顔をしたような気がして、渚はその意外さに目をぱちくりとさせた。

そして、彩乃の言葉にツッコミを入れる。

「やめてよ彩乃ちゃん。色っぽくないよ。照れるじゃない」

色気という言葉は、自分には少々縁遠いと思う。すると彩乃は、片手を腰にあて、人差し指を立てて振った。

「いやいや、そんなことはないぞ。結婚した当初より、渚は色っぽくなった」

「そんなことないよ。別に変わってないしっ」

「自分じゃわかんないだけよ。ちょっとした仕草と表情に滲《にじ》み出る、人妻の色っぽさっていうかさあ……」

「ちょっ、恥ずかしいよ、彩乃ちゃんっ」

「やーねえ、冗談抜きよ。高校のときから真面目で初心《うぶ》な渚を知ってるから、よけいにわかるのよね。変わりっぷりがさ。やっぱり、変えちゃったのは愛しの課長なんでしょう」

「あっ、彩乃ちゃんっ」

最近減っていた冷やかしを、まとめてされてしまった気分だ。

あたふたする渚の視界の端で、俊一がなんとなく不機嫌な顔をしている。

(あの顔……、いつだったか見たような……)

渚は、ふと既視感《きしかん》に襲われた。

そして思い出す。そうだ、この顔は、二人の入籍を公表した日、結婚のきっかけになった話をしたときに見せた表情と同じではないだろうか。

もしかしたら俊一は、他人の惚気《のろけ》じみた話が嫌いなのかもしれない。

(悪いことしちゃったな……)

知らなかったのでいまさらではあるが、謝っておいたほうがいいだろうか。しかし、渚が声をかける前に俊一は「あっ、そういえば」と声をあげ、こぶしでポンッと手のひらを叩いた。

「そうだ。課長が呼んでるんだった」

「誰を？」

彼があまりにも軽く言うので、彩乃は俊一が、自分が呼ばれていたことを忘れていたのだと思ったようだ。俊一はアハハと笑って答えた。

「おれたち三人を」

「早く言ってよ！」

渚と彩乃の声が重なる。

色っぽいだのなんだのの前に、そっちの用件が先決だ。

課長に呼び出された新人三人組。彼らはそこで、今月——六月末に行われる新タイプのモデルハウスフェアの企画を担当してみるかと打診された。

今まで先輩たちの手伝いという形では企画に関わってきたが、中心となってプロジェクトを組むのは初めてだ。

たびたび行われる数社合同のフェアの中でも、今回話をもらったのは比較的小規模なものになる。若い層にアピールしたいというコンセプトで進められているため、新人三人の若い発想を求めてみたいと課長は考えてくれたらしい。

これは、とても嬉しいことだった。

もちろん先輩たちのサポートは入るものの、主軸となって進めるのは新人三人となる。

渚は話を聞かされてすぐにでも樹に伝えたかったが、彼は外出中で不在の上、そのまま直帰予定だった。

だったら家に帰ってから伝えようと電話もせずに我慢した渚は、溜《た》めていた気持ちを、夕食の席で放出させた。

仕事を任せてもらえて嬉しい、頑張ろうという気持ちの半面、滞《とどこお》りなく進められるか不安もある。そんな気持ちも、すべて樹に話した。いつになく饒舌《じょうぜつ》な渚に、彼は終始励《はげ》ましの言葉をくれたのだった。

「なんて言うか、本当にびっくりしちゃった」

そう言いながら、渚はハァと息を吐く。まだ少し信じられない。それが正直な心境だ。

「次の企画でチームを組ませてもらえるなんて、思ってなかったもん」

呟いて、箸を動かすのも忘れる。そんな渚を、樹はダイニングテーブルの向かい側で見つめた。

「良かったな、渚。真面目にやってきたから、企画課の課長がチャンスをくれたんだ。頑張れよ」

「うん、嬉しい、頑張るっ」

ずっと話し続けていたので、渚の食事は一向に減っていない。逆に樹はほぼ食べ終えていて、おひたしと味噌汁《みそしる》を残すのみになっていた。

その味噌汁を飲みほしたとき、樹がクッと笑いをこらえるように喉《のど》を震わせる。

「そうか、企画課の課長が俺に謝っていたのは、これか」

「謝った？　課長が？」

「電話がきてさ、『すまないね近藤君、いや、本当に悪い。でもきっと良い成果が出ると信じているよ』とだけ言って切れたんだ。なんのことだと思ったけど、出先にいたからかけ直すこともできなくてさ。そうか、渚のことか」

「どうして謝ったんだろう。課長」

「新婚だから残業ばかりになるような仕事はさせないでくれって、うるさく言ってたからかな」

「ふうん……、って樹君、本当にそんなこと言ってたの!?」

渚が驚いて腰を浮かせると、樹はニヤリと笑う。彼は含み笑いをしつつ、おひたしに箸《はし》をつけた。

結婚した当初、『渚に残業させるなって課長に言っとく』などと言っていたが、どうやら冗談ではなかったらしい。

「もう……樹君ったら……」

渚は苦笑いをして腰を下ろす。味噌汁椀を両手で持って傾け、照れ隠しもこめて顔を半分隠した。

「でも樹君が言うように、残業ばかりになるなんてことあるのかな。小さなフェアだし……」

「まあ、フェア自体は小規模だけど、準備や根回しは大きなフェアと変わらない。小さなフェアだから簡単だっていうわけじゃないぞ」

「……そうだね」

自分たち新人三人は、いつも手際良く段取りを組んでいく先輩方とは違う。

自分たちはそんな先輩たちの手を借りながら、浅い経験と知識をフル稼働させて、仕事を進めていかなくてはならない。

「ちゃんと、できるかな」

はしゃいでばかりいたが、そう考えると不安に襲われる。味噌汁椀をテーブルに置いて視線を下げれば、頭をコンッと小突かれた。

「今からそういうことを言うな」

腰を浮かせて身を乗り出した樹が、そう言って渚をたしなめる。彼女が両手を頭にあて「痛いよ」と文句を口にすると、今度は笑いながら頭を撫《な》でてくれた。

「頑張れ。大事な嫁さんの大仕事だ。俺も協力するから」

「樹君……」

大好きな旦那様の応援を受けて、渚は胸がジンと熱くなる。

初めてだらけで不安はあるけれど、彼が応援してくれるのなら張り切らないわけにはいかない。

「うん。頑張る」

笑顔を見せ、渚も立ち上がって身を乗り出し、樹の首に腕を回した。ダイニングテーブル越しでは、これが精一杯。

ひとまずまだ食事中なので、軽い抱擁《ほうよう》で良しとする。

「あのね、樹君。わたしね、ずっと目標にしていることがあるんだ」

「なんだ？」

「営業企画課で頑張った女の子は、営業課に異動できることがあるって聞いたの。だからね、わたし、営業企画課で成果を出して、営業課に行きたいって」

「営業に？」

「営業に行けば、もっと樹君の近くにいられるって思ったの。わたしの目標なんだ」

「渚……」

「あ、でも、……夫婦になっちゃうと同じ部署にはいられないとか、あるのかな？」

あまり考えてはいなかったが、その可能性は充分にありえる。樹は不安げな表情になった渚の腕を外し、テーブルを回って彼女の横へやってきた。彼が妙に深刻な顔になってしまったので、渚はドキリとしたが、すぐにギュッと強く抱きしめられた。

「そんなこと考えていたのか、渚！」

感動したような声を出し、樹は渚を掻《か》き抱く。渚の希望が、彼にはよほど嬉しかった様子だ。おそらく、そのあとの疑問は耳に入っていないだろう。

「入社したときから考えていてくれたのか」

「うん……、結婚するなんて思ってもいなかったし、そのときはわたし、とにかく樹君の近くにいたくて……」

「あーっ、もう、ほんとかわいいなあ、渚は！」

渚を抱きしめていた樹の腕が下がり、彼女の膝をさらう。突然のことに小さな悲鳴をあげた渚は立ち上がった彼に姫抱きにされていた。

「ベッド行こうか、渚」

「樹君っ、とりあえずご飯食べようね！」

「いや、この感動を全身でだな……」

「あとでっ！」

二人で笑い合い、渚も樹に抱きつく。愛しげに見つめ合うと、樹の甘ったるい声がかかった。

「じゃあ、キスだけ」

「いいよ……」

唇が重なり、首の角度を変えて柔らかな感触を感じ合う。上唇を唇で挟まれたり、わざと唇の横にキスをされたり、ときおり彼の悪戯《いたずら》が混じる中、渚はフワフワと気持ち良くなってしまう。

「いつきくん……」

「ん？」

「ベッドに行ってもいいよ……」

「……言うと思った」

その言葉を聞いた渚は、責めようとしてすぐにやめた。それよりも、樹の唇が気持ち良すぎる。

渚を抱きかかえたまま、樹はゆっくりと寝室へ歩き出した。

「渚、かわいい」

「もう……そればっかり……」

「俺、かわいいって言葉は渚のためにあるんだと思う」

「樹君ってば……」

照れくさいが、その何十倍も嬉しい。

仕事にも結婚生活にも、渚は幸せを感じずにはいられなかった。


——それから十日余り。先輩社員のサポートや、営業課からのリサーチ資料の提供などもあり、渚たちの仕事は順調に進んだ。

とはいえ、それはあくまで真剣に取り組んでいるゆえの結果。おかげで新人三人組は、今までにないほどの忙しさを体験している。

休日をフェア用の情報収集にあて、集計作業のために残業も多くなった。

大変ではあるが、充実感があり楽しい。それは樹に激励《げきれい》を受けているおかげでもある。

三人の中で一番張り切って動いているのは、俊一だった。

彼は仕事に対して、いつも以上に意欲的になっているように見える。責任のある仕事なのでやりがいを感じているのだろうか。

（負けてられないなあ）

近くに頑張っている人がいるというのは、自分の励《はげ》みにもなる。おかげで渚の志気も高まった。

――だが、彼女には、こればかりに集中するわけにはいかない理由があった。

「はい、すみません、今週中には……。そのほかの件も、追ってご連絡いたします。……はい、失礼します」

オフィスがある十階の休憩スペース。その奥の壁側に向かって立ち、渚は通話を終える。自然と溜息が漏《も》れてしまった。

「リスト、早く出さなくちゃ……」

これが仕事の話ならばオフィスで堂々と話すのだが、彼女の電話の内容は結婚式に関することなので、それはできない。相手はブライダルサロンの担当プランナーだった。

渚の仕事が忙しくなったせいで、挙式の打ち合わせや準備が停滞《ていたい》している。

作成し終えていなければならない招待状の宛名《あてな》リストも、まだ仕上がっていない。

といっても、樹のほうは仕上がっているので、あとは渚のみ。それでプランナーから問い合わせが入ったのだった。

そのほかにも、今月中には挙式準備の中間打ち合わせが入る。装花関係や披露宴《ひろうえん》進行用のアイテムなどを決めなくてはならないのだ。

プランナーが色々と組み合わせのパターンを用意してくれるので、そこから気に入ったものを選んでもいい。そう思えば気が楽だが、選ぶ内容がかなり細かいことを考えると、アッサリ決まるとも思えなかった。

また、ヘアメイクなどのリハーサルもあるというし、ブライダルエステの予定も組まなくてはならないそうだ。

「……まずい時期に重なっちゃったな……」

渚にとっては、溜息しか出ない状況だった。

モデルハウスフェアは今月末。リサーチや集計をまとめているこの時期が一番忙しい。ここを抜けれぱ挙式準備のほうにも手が回るのだが、今は無理だ。

かといって、挙式準備をないがしろにするわけにはいかない。挙式披露宴は八月末。直後、そのままハネムーンに旅立つ予定になっている。

二カ月半以上先ではあるが、決めなくてはならないこと、やらなくてはならないことが山のようにあるのだった。

入籍し、挙式披露宴の予定を組んだときは、もう少し準備期間があったのだ。そのときは、このくらいの準備期間があれば充分だろうと思っていた。

一人で決めるのではなく、二人で楽しみつつ決めていくことだし、心強いプランナーが力を貸してくれる。

なのに……

（こんなに慌ただしいものだとは思っていなかったのよ！）

自然と、再び溜息が漏れる。一生に一度の結婚式なのだから、樹と色々話し合いながら気に入ったものを選んでいきたいのに――

悲しいかな。そこまで頭が回らない。

「渚」

ふいに、ぽこっと頭を叩かれる。声で誰なのかはわかったが、渚は頭を押さえ、振り向きざま
「だれっ？」と言っておどけてみせた。

「愛しい旦那に『誰』はないだろう」

向き直ると、そう言って笑う樹が立っている。片手に鞄《かばん》を持っているということは、外に出ると
ころなのか、戻ったところなのか、どちらかなのだろう。

「お疲れ様です、課長」

「うん、疲れた。新規の客、関係者の横槍《よこやり》が酷《ひど》くて話が進まない」

「二重にお疲れ様です」

渚が樹にねぎらいの声をかけると、珍しく弱音が返ってきた。彼は普段は愚痴《ぐち》を言う男ではない。

きっと、渚だから本音を漏《も》らしてくれているのだ。

自分にのみ見せてくれる一面と思うと嬉しい。渚がニコニコしていたところ、丸めたカタログら
しきもので再び頭をポンと叩かれた。

「なんで壁に向かって話してたんだ？」

「え？　壁に向かって？」

「壁に向かってヘコヘコ頭を下げているように見えたぞ。電話しているのはわかったけど、面白い

からしばらく眺めてたんだ」

「ひ……ひどっ」

人目を避《さ》けようと考えて、わざわざ休憩スペースの隅っこにいたというのに。しかし、確かにおじぎしていた自覚はあるので、壁と話しているみたいに見えていたかもしれない。

「……うん、プランナーの人から電話だったの……。宛名《あてな》リスト、まだ送っていなくて、メールでいいから送ってくださいって言われた」

「昨日の夜、仕上げるって張り切ってなかったか？」

「そうなんだけど……。実は途中で佐々木君から電話が入っちゃった。フェアに参加する他の会社に先輩がいて、チラッと話が聞けたからって……」

「ふうん……。たいした人脈だな……」

なんとなくだが、樹の声が少し不機嫌になった気がする。結婚式の準備を後回しにしてしまったせいだろうか。

今日はなんとしてでもリストをまとめなくては。そう考えている渚の前に、樹は丸めていたカタログを差し出した。

「ほら。そのプランナーさんに、さっきもらってきた。新しいカタログが入ったから、って」

「カタログ……？」

綺麗なブーケの表紙に、教会のシルエット。まるでプレゼントに見立てたかのようなリボンがデザインされた、Ａ４判のカタログだ。

表紙を見て、渚の胸はチクリと痛む。

それは、引き出物のカタログだった。

これも、リストアップをしなくてはならない時期にきている。

「渚のほうの招待状リスト、仕事関係であげるのは企画課と同期くらいを考えておけばいいんだぞ。他は俺のほうでまとめてあるんだし。あとは親族と友だち関係で」

「うん、わかってるんだけど、……友だち関係もどこまで出したらいいのか迷っちゃって。出した人全員が来てくれるわけではないと思っても、一応招待状を出しておいたほうがいいだろうかって考えちゃうような同級生もいるから……」

出席者がまとまったあとで席順に悩むという話は聞いたことがあったが、招待状を出す時点で悩むとは思わなかった。

引き出物の件といい、間近に迫る問題が多すぎる。

だからといって、後回しにばかりしていれば、その分予定が詰まってしまう。結果、時間に追われて中途半端に妥協することになるかもしれない。

樹と迎える結婚式。満足のいくように進めていきたいのに……

「あ、いたいた。おーい、近藤ーっ」

声をかけられ、樹と渚は同時に顔を向ける。どちらも近藤なのだから当然だが、呼びかけた者――俊一は焦《あせ》ったらしい。

「あっ……すみませんっ、課長。お、奥さんのほうで」

二人に振り向かれ、驚いた俊一は思わず立ち止まる。

「お話し中にすみません。急ぎの用事で……」

「いいよ、大丈夫。こっちは仕事の話じゃないし」

樹は、渚に向けて「じゃあ、頑張れよ」と声をかけて歩いていった。

彼の姿を見送っていた渚の手から、カタログが抜かれる。取ったのは俊一だった。彼はそれをパラパラとめくりつつ尋ねる。

「なんだこれ？　贈答品のカタログか？」

「引き出物。それも決めておかなくちゃならなくて……。あっ、佐々木君さ、どういうものをもらったら嬉しい？」

「そうだな、嬉しいっていうか無難で安心するのは、酒とか食いものかな……。あとに残らないし」

「もらって困ったものとかある？」

「二十歳のときに、メルヘンチックな花模様のでっかい鍋をもらったんだ。独身の若い男にあれは辛かったな。あと、二人の写真が入った皿とかも勘弁してくれ。割ったら縁起《えんぎ》でもないし、顔の上に食いもの置くのもなんだろ、だいいち使いづらい」

「……リ、リアルなご意見ありがとう」

苦笑いが漏《も》れてしまう。出席者の年齢層は幅広いので、こういった周囲の意見を聞いておくのも大切だ。

カタログを閉じて渚へ差し出し、俊一は同情の雰囲気が漂《ただよ》う声を出した。

「お前も大変だな。結婚式の準備って、決めることがたくさんあって大変なんだろう？　おれの姉貴が数年前に結婚したんだけど、やっぱり仕事は忙しいわ、決めることは多いわで文句ばっか言ってたな」

「でも楽しいよ。一生に一度のことを二人で決めるんだもん」

「そんなもんかね……」

いまいち納得しかねている様子の俊一だったが、彼はすぐに話を変えた。

「モデルルームの写真揃ったから、チェックしようぜ。あと、担当したインテリアコーディネーターさん、スケジュール空けてくれたぞ」

「じゃあ、お話が聞けるね」

「ただ、来られるのは定時後の六時半くらいになるって言ってたな。篠崎にはもう言ってあるから。時間までにミーティング室に集合」

「あ、うん」

一瞬、返事に戸惑う。定時後ならば間違いなく残業コース。ミーティングにどのくらいの時間がかかるかはわからないが、夕食の支度はできそうもない。

最近、こんな状態が続いていた。樹も気を使ってくれているのか、忙しいあいだは夕食の心配はするなとデリバリーのお弁当などを買ってくれる。

それどころか『渚、夜遅くまで書類のまとめをしていたみたいだから疲れたろ』と、朝食は彼が用意してくれるのだ。

『トーストとコーヒーくらいしか用意できないけどな』

彼はそう言って笑うが、渚は申し訳ない気持ちでいっぱいになるのだった。

（結婚したばかりなのに……）

自分が、とても駄目な奥さんに思えてしまう。

それでも今は、樹の好意に甘えてでも乗り切らなくては。彼が頑張れと言ってくれているのだから……。

渚は落ちこみそうになる気持ちを振り払おうと、小さなガッツポーズをする。

「よしっ、頑張ろうっ。佐々木君」

「なんだよいきなり。よし、じゃあミーティングのあとは、おれが牛丼でも奢《おご》ってやる」

「牛丼はわたしが作ったほうが美味《おい》しいって言ってもらってるから、パス」

「なんだよ、惚気《のろけ》かよ」

俊一の答えを聞いて、渚は彼が以前、惚気られたのに嫌そうな顔をしていたことを思い出す。

また機嫌が悪くなってしまうのではと感じたものの、そんなことはなかった。

二人はそのまま、和気あいあいとした雰囲気でオフィスへと戻ったのだった。

結局その日、渚は帰宅したのは二十二時近く。

コーディネーターの話が意外に長引き、盛り上がってしまったのが理由だ。

担当コーディネーターの話を、定時後に聞くことになったから遅くなる。樹にそれを伝えたとき、彼も残業になりそうだと言っていた。もしかして彼もまだ帰っていないのではと考えたが、マンションの前に着くと、六階の角部屋には灯りが点《つ》いていた。

残業になっても、彼より遅く帰るのは初めて……

申し訳ない思いで胸を痛めつつ、渚はドアを開けた。

「おかえり、渚」

ただいまを言う前に声がかかる。顔を上げると、樹がバスルームから廊下へ出てきたところだった。

彼はまだシャツにネクタイ姿だ。袖を捲《まく》り首元を緩めてはいるが、帰ってきたばかりなのだろうか。

「ただいま、樹君……。お風呂入るところだったの？」

「いや、洗ってきた。沸《わ》いたら先に入っていいぞ」

「あっ、洗ってくれたの？　ごめんなさい」

渚は驚いて靴を脱ぎ捨て、樹に駆け寄る。あまりの罪悪感に、情けない顔をしてしまう。樹は笑いながら、渚の頭をポンポンとする。

「そんな顔するな。実家ではよくやらされてたんだから。むしろ、いつもやらせてごめんな。気がついたときは俺もやるようにするから」

「そんな……、いいよ、樹君は忙しいんだから」

「今は渚だって忙しいだろう？　できないときは無理をするな。俺ができることは俺がやるから」

「でも、樹君……」

「夫婦なんだぞ。お互い仕事があるんだ。忙しいときに助け合わなくてどうする」

いくら忙しいとはいっても、渚の仕事内容は樹の仕事とは比べようがない。間違いなく、仕事量は彼のほうが多いのだから。

樹はシュンとする渚の唇に軽くキスをして、彼女の肩を抱きリビングへ向かった。

「ピザ取ってあるから。風呂が沸くまで食べてろ。まだ温かいぞ」

「ピザ取ったの？」

「いっつも弁当のデリバリーじゃ飽《あ》きるかと思って」

「……ごめんなさい」

つい謝ってしまう。お嫁さんとしての務めがなにもできていないような気がして、胸が痛んだ。

こんな状態を母が知ったら、なんと言うか。からかいながらも渚を心配してくれていた母が頭に浮かぶ。

『奥さん業、もうギブアップなの？』

そう言って笑うだろうか。それとも……

（そうだ、お母さんに相談したら、しばらくご飯の準備を頼めるかもしれない……）

渚が困ったら気軽に実家へ相談できるよう、樹が実家近くのマンションを選んでくれた。こんなときこそ、頼っても良いのではないだろうか。

刹那《せつな》、湧き上がる甘え。

しかし渚は、奥歯を噛《か》み締めてそれを消した。

こんな早くから弱音を吐いて、二人の結婚を喜んでくれている両親や義両親を心配させてはいけない。

そう考えた彼女に、樹はさらに声をかける。

「腹減ったろう？　コーヒー淹《い》れてやろうか？　ジュースのほうがいいか？」

「ありがとう。でも、お風呂のあとにつまもうかな。実はね、ミーティング中に差し入れがあって、あまりおなかすいてないんだ」

「差し入れ？　課長か誰か？」

「ううん、佐々木君が牛丼を注文してくれたの。酷《ひど》いのよ、わたしの分まで大盛りになってたんだから。『ちびは一杯食って大きくなれ』とか言って」

渚は樹の腕から離れ、笑いながらソファにバッグを置く。スーツの上着を脱ぎつつ何気なく振り返った彼女は、ドキリとして動きを止めた。

心なしか、樹が不快そうな表情をしている気がしたのである。

今までご機嫌だったのに、どうしたというのだろう。

「あ……樹君、わたしがコーヒー淹れるよ。お風呂の用意してもらったし。ほんとにありがとうね、これからは朝のうちに洗っておこうかな」

場を取り繕《つくろ》おうとするかのように口にして、渚はキッチンへ向かう。樹の横を通り過ぎる瞬間、腕を掴まれ後ろから抱きしめられた。

「樹君……？」

「風呂、一緒に入ろうか」

「一緒に……？」

「渚を感じたいんだ……」

言われてドキリとした。これは、彼が渚を求めているということではないか。

ここのところ、忙しさにかまけて夫婦生活がおろそかになっている。樹も気を使ってキスや抱擁《ほうよう》で済ませていたし、渚も、もし直接的に求められても応じることができていたか疑問だ。

胸がドキドキする。彼に求められているという事実に身体が悦《よろこ》び、じくりと疼《うず》いたのがわかった。

——だが……

「ごめん、樹君……」

渚は後ろから抱きつく彼の腕に触れ、肩越しに振り返った。

「もう少ししたら、佐々木君から今日のミーティングのまとめの件で電話がくるの。だから……」

せめて、それが終わってから……

渚はそう考えていた。しかし、腕を離した樹が顔を逸らして溜息をついたのだ。

「……また、〝佐々木君が〟か……」

「え？」

「なんでもない」

渚から離れ、樹はソファの横に置いていた自分の鞄《かばん》を手に取る。

「俺も持ち帰りの仕事があるし、真面目にやってくるよ。違う部屋でやっているから、渚も集中して頑張れ。あっ、ピザはそのままにしておいていいぞ。仕事がひと段落したら、つまみにくる」

「う、うん、樹君、あの……」

「ん？」

「あの、コーヒーでも淹《い》れようか……」

渚は、樹が怒ってしまったのではないかという不安に襲われていた。彼は取り繕《つくろ》うような渚の言葉に苦笑し、「いや、いいよ」とリビングを出ていく。

気まずさが渚の胸をいっぱいにする。樹を白けさせたに違いない。

仕事も、樹の奥さんとしての自分も、頑張っているつもりでいるのに。なぜか、一人で空回りをしているような気がしてしょうがない。

情けない気持ちに押し潰《つぶ》されそうになりながら、渚は床に座りこんだ。

その夜、渚はリビングで俊一からの電話を受け、ミーティングのまとめをレポートにした。

ひとまず仕事は終わったが、もう少しここにいれば樹が休憩にくるかもしれない。そう考え、せっせと招待状のリストを仕上げ、プランナーにメールを送った。ついでにもらった引き出物のカタログにも目を通す。

ひと通りやって、日付をとっくに越えた頃にベッドへ入る。

……結局、樹がリビングに現れることはなかった。

——こういう状態を、すれ違いというのだろうか。

翌日の朝。出社した渚は溜息をついていた。

「ちょっと、違うかな……」

答えを出せないまま、渚はぼんやりとしつつ、襟の横から引っ張り出したチェーンを指でいじる。

課員が忙しく動き回るオフィスの中だ。デスクでモデルハウスフェアのパンフレットを広げる渚は、熱心にチェックをしているように見える。しかし実際は、心ここにあらず。

昨夜のことを考えると、溜息はもっと深くなる。

彼も仕事が忙しいのだ。きっとそうだ。自分と顔を合わせるのが気まずいからリビングに顔を出さなかったわけじゃや、決してない。

そうやって自分に言い聞かせているのは、自信がないから。

「なにシケた顔してんだ」

ふいに、デスクの横に立った人物が渚を覗きこむ。彼女がそれは俊一だと認識した次の瞬間、彼を突き飛ばして彩乃が顔を出した。

「元気ないなぁ。課長と喧嘩《けんか》でもしたの？」

彼女の言葉にドキリとする。図星を指されてハッと表情を変えたが、突き飛ばされた俊一が彩乃に文句を言い始めたので、渚の反応に気づいた者はいなかった。

「で？　どうしたの、喧嘩？」

いきなり突き飛ばすな、この暴力女などと暴言を吐かれる中、彩乃は言い返すこともなくにっこりと笑って渚を問い詰める。

「喧嘩《けんか》ではないよ。ちょっと寝不足で……」

「新婚さんの寝不足は冷やかされる元よ？」

「そんなんじゃないよ。仕事が忙しいのに、結婚式の打ち合わせとか、決めなくちゃならないことが重なっちゃって……」

「そっか、もう、実質三カ月もないし、大変だよね」

彩乃が同意を示してくれるが、その後ろから俊一の余計なひとことが飛ぶ。

「他のことが忙しすぎて新婚生活できないから溜《た》まってんだな。ははあ……、だから課長もちょっと不機嫌で……ってぇっ!!」

言葉の途中で、俊一は彩乃に思い切り足を蹴られる。ちょうど〝むこうずね〟にヒットしたらしく、俊一は大袈裟《おおげさ》な声を出して足をさすった。

「やらしいこと言ってんじゃないわよ。もうっ」

「お、おまっ、ここ、弁慶《べんけい》の泣き所っ……」

「うっさい」

「機嫌悪かったって？　課長が？」

彩乃と俊一が口論する中、渚は樹の不機嫌について蒸《む》し返す。昨夜のこともあって、とても気になったのだ。

渚が深刻な表情をしたせいか、俊一は足から手を離して真面目な顔になった。

「さっき営業課の先輩たちが話してた。今日は珍しく近藤課長の機嫌が悪いから、ポカやったら怒鳴られるかもしれないぞ、って」

いつもの樹は、自分の感情で周囲にあたり散らす人間ではない。それなのにそこまで言われてしまうなんて、彼の機嫌はどれほど悪いのか。

（わたしが、原因？）

渚は言葉を失う。これは本格的にまずいと思ったのか、彩乃が慌てて明るい声を出した。

「あっ、パンフ見てたんだ？　渚はやることが早いよね。あたし、まだ見てないよ。そういえば、当日モデルハウス内の案内に入ってくれる営業課の人って決まったの？」

「どうだろう、まだ確認もらってなかった……。決まってるか聞きに行ってくる」

立ち上がろうとした渚を制して彩乃が軽く提案する。

「待って。その前にひと休みしよう、渚。ジュースでも買ってこようよ。佐々木が奢《おご》ってくれるから」

「おい、こらっ」

咄嗟《とっさ》に文句を口にした俊一だったが、すぐに思い直して続く言葉を呑んだ。おそらく、無理をしていつも通りに振る舞う渚に気づいたのだろう。

「十本でも二十本でも、好きなだけ飲めっ」

「ちょっと、渚を水風船にする気なの？」

二人が自分を元気づけようとしてくれているのがわかる。

その気持ちに応えるために笑顔を作った渚は、「よし、行こう！」と勢いをつけて立ち上がり、三人でオフィスを出た。

「ありがとうね。二人とも……」

「ん？」

「なに、渚」

小さな声で言ったので、二人には聞こえなかったらしい。同時に聞き返されたが、渚は笑顔で誤魔化した。


すっかり俊一と彩乃に励《はげ》まされてしまった。

（しっかりしなきゃ）

その日の夕方近く、気持ちを切り替えた渚は営業一課へ足を運んだ。

モデルハウスフェア開催中、渚たちは受付や各種イベントなどを担当する。モデルハウス内の案内は営業課の社員が担当するため、当日の担当者が決まっていれば、その人と打ち合わせをしておかなくてはならない。

もしかしたら樹がいるのではないだろうか。かすかな期待に胸を高鳴らせ、渚はこそっと営業一課のオフィス内を覗きこむ。最初に彼のデスクへ目を向けたが、残念ながら不在のようだった。

（外に出てるのかな）

いたからといって余計な話ができるわけではないが、顔くらいは見たかった。少しがっかりしていると、背後から軽快な声がかかる。

「おっ、近藤課長の奥さん。どうしたんですか？」

突然のことに驚いた彼女は慌てて振り向き、出入り口横の壁にはりついた。

「そんなに驚かないでくださいよ。課長なら外出してますけど、なにか伝えておきますか？」

誰かと思えば営業一課の主任だ。樹の部下にあたる人物だが、彼のほうが樹より三つほど年上である。

上司の妻ということで丁寧な話しかたをしているのだろう。渚からすれば恐縮する思いだ。

「違うんです。あの、フェアの件で担当の方に……」

「ああ、新タイプモデルハウスの。そういえば奥さんが企画担当になってるんでしたね。課長が嬉しそうに話していたのを覚えてますよ」

「……嬉しそうに？」

「新人だけど、頑張り屋だからしっかりやるだろう、って。……真面目な顔ながら、なんか嬉しそうで。ああ、これは惚気《のろけ》かなと思いましたね」

「あ……そ、それは、……あの、すみませんっ」

気恥ずかしくて、渚はつい謝ってしまう。主任は悪気なく「いえいえ、冷やかしに聞こえたら、かえってすみません」と笑い、担当者を呼びに行ってくれた。

待っているあいだ、聞いたばかりの話を思い出し、ほわりと頬が温かくなる。

（樹君が、人前でそんなことを……）

樹が自分を信頼して、きっとやり遂《と》げられると信じてくれている。それが、とても嬉しかった。

彼とすれ違って寂しかった気持ちが、晴れたような気がする。そうなると、樹の顔が見たくて堪らなくなってきた。

今日こそは、残業しないで早めに帰ろう。

夕食をしっかりと作って、樹に『おかえりなさい』と言いたい。

樹が自分を褒《ほ》めてくれていたことを知ってご機嫌になるのだから、なんとも現金な話かもしれない。だが、落ちこんでいた心には、最高の栄養剤だった。

渚は明るい気持ちのまま顔を上げる。すると、ちょうど主任が女性課員と話をしている姿が目に入った。

彼女がフェアの担当者なのだろうか。二十代後半と見られる、スラリとした女性だ。どことなくリップの赤味が濃くて、派手な印象を受けてしまう。

親しく話したことはないが、何度か見かけたことのある女性だった。

（あの人、確か……）

なんとなく、イヤな予感がする。

結婚前、渚が樹と親しく話をしていると、遠くから文句を言いたそうに渚を睨《にら》んでいる女性たちがいた。その中に、彼女をよく見かけたのだった。

主任と話し終えた女性が、こちらへ向かってくる。彼女が不機嫌な顔をしているのを見て、渚の胸騒ぎは大きくなった。

そして彼女は渚の前に立ち、溜息と共に言い捨てたのである。

「営業のほうから担当を付けるなんて話、聞いていませんけど？」

「……え？」

「ですから、新タイプモデルハウスのフェアに、営業一課から当日の担当を出すなんて話は初耳です。要請されていないのに、担当が決まっているわけがないじゃないですか」

「ですけど……、あの……」

渚はわけがわからなくて言葉が出ない。要請もなにも、フェアが決まっている時点で、各部署で担当を決めるものではなかっただろうか。

以前、渚が先輩たちの補佐としてフェアの準備にあたったときも、営業課にわざわざ案内役の要請などはしなかった。

だいいち、説明をして売りこむのは営業の仕事。モデルハウスのフェアに営業担当が決まっていないのはおかしい。

「あのですねえ……」

渚がなにも言えずにいると、女性はいささか呆《あき》れた様子で息を吐く。唇の端を上げ、わずかに馬鹿にするような笑みを見せた。

「近い日程で、大きなフェアがあるじゃないですか。みんな、そっちの準備で忙しいんです。そちらの小規模フェアのほうには手が回らないんですよね」

「ですけど、これが決まったとき、営業のほうにも話が通っていたはずでは……」

「小さなフェアの場合、営業企画課の担当がそのまま来場者の案内もやることが多いんですよ。ご存じなかったんですか？」

「それは……」

そんな話を聞いたことはある。しかしそれは、建売住宅の内覧申しこみがあった場合ではなかっただろうか。今回のパターンは当てはまらないはずだ。

「てっきりそちらが全部やるんだろうと思って、担当は特に決めてなかったんですよね。今から回せって言われても無理ですよ。〝近藤さん〟」

最後の嫌味たらしい呼び方に、渚はハッとする。イヤな予感が当たってしまった。

担当者を決めていなかった。――いや、決める気はなかったのではないか。

企画営業課の担当が、渚だから……

人を疑うのは好きじゃないが、どう考えてもおかしい。いくら小規模なフェアでも、売りこみ担当の営業がつかないという話はありえないだろう。

この女性が、樹に好意を寄せていた女性の一人だと考えれば……

渚の血の気が引く。自分の存在のせいで、一緒に仕事をする俊一や彩乃に、とんでもない迷惑をかけてしまうかもしれない。

渚は下唇を噛《か》み、両手をグッと握りしめる。少しでも落ち着こうとして大きく息を吸い、吐きながらゆっくりと頭を下げた。

「連絡ミスですね。すみません」

頭の上で、ふんっと鼻が鳴る音が聞こえる。女性はきっと、勝ち誇《ほこ》った顔をしていることだろう。

緊急事態だ。どうしたらいい。渚の心臓がバクバクと脈打つ。頭を上げた瞬間に泣いてしまいそうだ。

しかし、ここで泣いてはいけない。泣くよりも先にやるべきことがあるのだから。

負けちゃいけない……。渚の心に、そんな思いが生まれる。

ならば、しっかりと自分を持つしかない。

「……ですが」

渚は強い口調で、この空気を変えようとする。一瞬声が震えかけたが、大きく息を吸って耐えた。

真剣な顔で頭を上げる。すると、勝ち誇っていた女性がひるんだ。

「営業一課には、営業を担当なさる方もアシスタントの方も、たくさんいらっしゃいますよね。いくら大きなフェアと重なっているからといって、すべての課員がそっちに総出というわけではないと思います」

「……それは、そうだけど……」

「予定を割《さ》ける方もいらっしゃると思うんです。専属で、とは言いません。何時間かでも、こちらの担当に回れる方をお願いできませんか」

「あ、あなたねぇ……、元はといえば、そちらの確認ミスでしょう。そのせいで忙しくなるのは自業自得じゃない。それをこっちになんとかしろって言うの？」

「そんな意味じゃありません」

緊張と興奮で荒くなりそうな口調を、渚は意識して抑える。

気を強く持って口を開くと、言葉がすらすらと出てきた。

まさか渚がこんなに強気に出ると思っていなかったのか、今は女性のほうが戸惑っている。

「最初におっしゃられていたことからすると、これが新タイプのモデルハウスなのはご存じですよね？　新タイプのお披露目《ひろめ》です。いくら小規模のフェアでも、売りこみに手を抜いていいものではないと思うんですが。営業課の方に担当していただけないのは、おかしいです」

「ちょっ……」

もっともなことを言われて焦《あせ》ったのだろう。女性が眉を寄せて反論しようとする。しかしその前に、渚は再度頭を下げた。

「今回のフェアは、営業企画課の新人三人が担当しています。そんなわたしたちがどんなに勉強しても、きっと現場を熟知された営業の方には敵《かな》わない。無理を言って申し訳ありません。フェア当日、担当の方の手配をお願いします。営業の方から、お客様の気持ちを掴む勉強をさせてください」

一気に告げて、頭を上げる。言葉が出なくなってしまった女性を見て、渚は「出直してきます」と言い、背を向けた。

悔しさとやるせなさでいっぱいな上、このトラブルの原因を思って鼓動《こどう》が騒ぐ。気を抜くと倒れてしまいそうだ。

このままオフィスへ戻ろうにも、気持ちが落ち着かない。

どうしようかと考えている渚の視界に、指をしゃくって合図を送ってくる俊一が入った。

廊下の途中にいたということは、彼は今の一部始終を見ていたのだろうか。

彼のあとについていくと、到着したのは休憩所。壁際で立ち止まり、俊一はひたいを指で押さえてハアッと溜息をついた。

「……もてる旦那を持つと、苦労するな。お前」

渚はグッと息を詰める。このトラブルに隠された思惑が、俊一にもわかったらしい。疑いたくはなかったが、これは樹と渚の結婚をよく思っていない女性たちからの嫌がらせだろう。

「おれが話をしに行けば良かったな。そうしたら、あんな対応されなかったかもしれないのに」

「佐々木君、ごめん……」

「なに言ってんだよ。イヤな思いしたのはお前だろ。謝んなよ」

「うん……、ごめん……」

「だから謝んなっての。それにしてもお前、すげぇ熱弁だったな。びっくりだ」

「そう……？」

「おうっ。やられっぱなしじゃなかったもんな。あの派手なネーサン、なんも言えなくなってたぞ」

俊一はそう言ってくれるが、渚が切った啖呵《たんか》で状況が変わるかどうかはわからない。

こうなってしまった原因は自分にある。そう思う渚は、申し訳なさを拭《ぬぐ》えなかった。

本当に営業側の担当者は決められていなかったのだろうか。今回の物件は新タイプのモデルハウスで企画営業の担当は新人。営業職が配置されないのは、改めて考えてもおかしい。

また、それを課長である樹が知らないはずがない。小さなフェアだからといっても、彼なら営業担当を配置するはずだ。

「お前の旦那、なにも言ってなかったのか？」

渚が考えていたのと同じことを、俊一が口にする。

「営業課内のことなら、もちろん課長にも話は通ってるだろ？　ましてや、自分の嫁が企画営業担当についてる仕事だぞ。営業から誰が担当で入るのか気にしてチェックするくらい、普通はするんじゃないのか？」

「そう……だね……」

うまく返事ができない。樹からそんな話は聞いていなかった。最近ちゃんと会話の時間が取れていなかったので、彼も話すに話せなかったのかもしれない。

「意外に薄情だな。近藤課長って」

俊一がポツリと呟いた言葉に驚き、渚は彼に目を向ける。

このままでは樹が悪者になってしまう。樹は渚を信頼しているからこそ、営業から担当を出さなくても大丈夫だろうと考えた可能性だってある。

「だ……大丈夫だよ。万が一のことがあっても、わたし、営業もできるくらい頑張るから」

「モデルハウスのポイントも押さえてるし、従来型との違いも勉強したよ。来場者への見せかたとか勧めかたとか、先輩方に聞いてもっと勉強して頑張る。これからのためにも、そのくらいできなくちゃ」

「営業も、って……」

言いながら、渚は自分の目標は、営業課を目指すことだと思い出す。

そのためには、営業企画課で実績を作るのが大切。モデルハウスの営業もできなくてどうする。

「大丈夫だよ。わたし、もっと頑張るね」

渚の笑顔につられるように、眉を寄せていた俊一の表情も和む。彼はにやりと笑うと、渚の背をバンッと叩いた。

「よし、頑張ろうぜ。おれももっと勉強しておくから」

「うん。じゃあ、三人で当日の予定を立て直そう。忙しくなるよ」

「受付から接客まで、三人で回すことになるかもしれないしな。今日は勉強会決定」

「あっ、ちょっと待って」

「ん?」

勢いよく進みそうな話を、渚が一旦止める。彼女は肩をすくめ、苦笑いで両手を顔の前で合わせて、お願いポーズを取った。

「今日は、早く帰らせて」

それから数時間後。渚は、定時をあまり超過せずに仕事を終えることができた。

これならば夕食の支度ができる。樹よりも早く帰って、『一緒にお風呂入ろうか』と言えるくらいの余裕が持てそうだ。

おまけに、帰り支度を急いでいた渚の様子を見て、俊一が自分の車で送ってくれた。

「ええと……それから……」

渚は車内で、樹に話したいことを思い浮かべてポツリと呟く。運転席の俊一がサイドブレーキを引き、自分が呼ばれたのかと勘違いしたらしく顔を向けてきた。

「なんだ？　寄りたいところでもあったのか？」

「え？　ううん、違うの」

俯《うつむ》いていた顔を上げて周囲を見回すと、助手席の窓の外には自宅マンションが見える。

「もう着いたんだ。やっぱり車だと早いね」

「お前、乗ってからずっと考え事してたからな。早く着いたように感じたんだろ。まあ、実際会社からそんなに遠くもないし、いい物件だよな、ここ」

「佐々木君は実家に住んでるんだっけ？　一人暮らしするときは会社の不動産部に頼みなよ。優良物件を三軒も紹介してもらったんだよ」

「へえ。じゃあ、そのときは頼もうかな。……あ、でも、管理職クラスっていうか、お宅の旦那さんを通さなきゃ優良物件を紹介してもらえないとか、ないか？」

「……あるかも」

「ちくしょーっ。出世してやるーっ」

アハハと笑いながら、渚は助手席のドアを開ける。車を降りて、彼女は車内を覗きこんだ。

「今日はありがとうね、佐々木君」

「家まで送ったからか？　それなら今日に限ったことじゃ……」

「違うよ。色々。ほんと色々だね。ありがとう」

素直な気持ちで口を開く。普段は、からかってきたり嫌味を言ったりする同僚だが、なんだかんだと世話を焼いてくれるし頼りになる。

感謝の気持ちが伝わったのだろう。俊一も穏やかに微笑んだ。

「元気出せよ。仕事のピークも過ぎる頃だ。あとひと息、頑張ろうな」

「うん」

渚はにこりと笑って手を振り、ドアを閉める。挨拶《あいさつ》代わりのクラクションが鳴った直後、車は走り出した。

しばらく見送り、肩の力を抜いて息を吐く。

マンションを見上げたところで、六階の角部屋にはまだ灯りが点《つ》いていない。予想通り、今日は樹よりも早く帰れたようだ。

「良かった」

早く部屋へ戻って夕食の準備をしよう。渚が張り切ってマンションへ入ろうとすると、出入り口の横にある住民用の駐車場から人影が現れた。

「あれ？」

思わず声が出る。そこにいたのは樹だった。

「樹君」

彼はまだスーツ姿だ。駐車場から出てきたということは、今帰ってきたばかりなのだろう。渚は小走りで樹に駆け寄った。

「早かったね。今日も遅いのかと思ってた。樹君よりも先に帰ってこようと思ってたのに」

「それは俺のセリフだ。早く帰れそうなら、どうしてチラッとでも言わないんだ。そうしたら俺の車に乗せて一緒に帰ってくるのに」

「あ……、ごめんなさい……」

口調がきつい。樹は少々苛立っているようだ。

早く帰れることを言わなかったから怒っているような口ぶりだが、それが原因ではない気がする。

「あの車、佐々木君だろう？　彼も会社の駐車場を利用しているから知ってる。——渚が、乗せてくれって言ったのか？」

「ち、違うよ。わたしが帰り支度を急いでいたのを見て、気を使ってくれたの……。今まで、残業で遅くなっていたときも乗せてくれていたから……」

「遅くなったときはバスかタクシーで帰ってきているものだとばかり思っていたけど。送ってもらっていたのか？」

「う、うん……」

樹は眉を寄せ、明らかに不快そうな表情を浮かべた。どうやら本格的に彼を怒らせてしまったみたいだ。

残業のときも、同僚の気楽さに甘えて送ってもらっていた。そのことは樹に言ったことがない。特に言う必要もないと思っていたのだ。

「でもあの、同僚の厚意で乗せてくれただけだし。あの、おかしな心配はしないでね？」

いくら同僚でも、妻が男の車に乗って帰ってきたということを、樹は気にしているのだろう。

そう考えた渚は、後ろ暗いことはないと主張する。だがそれは、さらに樹を苛立たせたようだった。

「随分と佐々木君を信用しているんだな、渚は」

「それは……、同僚だし。一緒に仕事をしてるもの……」

「渚の口から、特定の男の名前がそんなに出てくるのは初めてだな。そこまで佐々木君がお気に入りか？」

「……樹君？」

いつもの彼らしくない。これではまるで、疑われているみたいな気持ちになる。

「だって、佐々木君は……」

「気の合う相手が一緒なら、残業も楽しいよな。結婚式の準備を後回しにするほど一生懸命だった理由が、理解できたよ」

渚は言葉を失ってしまう。まさか樹に、こんな言葉をかけられるとは思わなかった。

仕事が忙しくなって、家のことも結婚式のことも後回しになってしまったのは確かだ。けれどそれを、彼は理解してくれていると思っていた。

いや、彼は理解していないわけではない。ただ……

「樹君……、わたしが、佐々木君となにかあるとか思ってる？」

渚はまさかとは考えつつも、呆然と言葉を出す。

「おかしいよ……。一緒に仕事をしている仲間だから仲良くしているだけで。そんな、そんなこと疑うなんて……」

声が震えた。こんな反抗的なことを樹に向かって言うのは初めてだった。

そして、初めてなものが、もうひとつ。

樹が今、渚に向けている感情だ。

そこには、俊一への嫉妬《しっと》心が混じっている気がする。それに対して、どうしたらいいのか、どう言い返したらよいものか、渚にはわからない。

混乱するあまり、頭に思いついた言葉をそのまま口にしてしまった。

「そんなのおかしいよ……。いくら旦那さんだからって、そこまで干渉するのはいきすぎだと思う」

次の瞬間、渚の背中に冷や汗が噴き出す。自分がとんでもなく考えなしの発言をしているように思えたのだ。

二人のあいだに沈黙が下りる。焦《あせ》っているせいか、渚には自分の心臓の音だけがとても大きく聞こえた。

このまま無言が続いてしまったらどうしよう。渚はきっと、その重さに押し潰されてしまう気がする。

「渚……」

そんな彼女の耳に、樹の声が響く。渚は沈黙が破られたことに一瞬ホッとしたが、それは安心できるようなトーンではなかった。

静かで厳しいのに寂しそうな。——なんとも形容しがたい声音だった。

「お前は、……同情で俺と結婚したのか？」

——その途端、渚の思考が止まった。

「指輪をやったときの約束を、俺が守らせようとしたから……。約束のプレゼントにお前を指定したから、結婚したのか？」

「樹君……」

「あんな約束がなければ、お前は俺と結婚しようなんて考えなかったか？」

自分でも気づかぬ間に、渚は大きな目からポロリと涙を零《こぼ》した。

悲しかった。辛かった。

樹に、こんなことを言われることが。

そして、言われてしまう原因を作った自分が、みじめに思えた。

「――わたしは……、樹君が、大好きだよ……」

なにも思いつかない。言い訳も。反論も。

ただ、自分の心にある真実だけが口から出てくる。

渚の言葉を聞いた瞬間、樹はとても切なげな表情をした。彼のそんな表情を見るのが辛い。胸が痛くて苦しくて、破れてしまいそう。

耐えられなくなった渚は、くるりと踵《きびす》を返し、樹の前から逃げるように走り出した。

＊＊＊＊＊

――言ってしまった……

ずっと、心の片隅に引っかかっていたことを。

走り去っていく渚。その姿をぼんやりと見つめ、樹は溜息をつきたい衝動を抑えた。

今それをしては、自分は間違いなく脱力して座りこんでしまう。

「……大人げない……」

泣きそうな声で呟き、樹は片手でひたいを押さえる。

渚に、あんなみっともない感情をぶつけてしまうなんて。積もり積もっていたものを、こんなふうにさらしてしまうなんて。

樹自身、この感情が嫉妬《しっと》であることをわかっている。

渚の同僚、佐々木俊一の存在が目につき始めたのは、会社で結婚が公表された日からだった。

あの日、休憩スペースで会った彼は、二人の結婚にお祝いの言葉をくれたあと、とても嬉しそうに渚を褒《ほ》めた。

そして、結婚のきっかけとなった指輪の約束に、渚が気を使っただけではないかと言ったのだ。

彼が渚に好意を持っていることは、すぐにわかった。

同時に、この結婚に良い感情を持っていないと察したのである。

渚は素直だし純粋だし、堪らなくかわいい。彼女の近くにいる男が好意を持ってしまうのも、しょうがないことかもしれない。

（惚れるのも無理はない。しかし残念だな。渚はすでに俺の妻だ）

そう思っておけばいいことだった。

けれど……

初めて仕事を任されて張り切る彼女を応援しながら、いつも気になっていたのは、仲間――俊一の存在。

フェアの話が始まって以来、渚の口から俊一の名前がよく出るようになった。そのせいで、二人の幸せな空間の中に、他人が入りこんでいるような気持ちになってしまったのだ。

仕事が忙しくなった渚。家事に費《つい》やせる時間がなくなり、焦《あせ》っているのが手に取るようにわかった。妻としてやるべきことができていないと悩み、申し訳ないという気持ちでいっぱいだったのだろう。

その結果、彼女から笑顔が消えてしまった……

仕事が忙しければ、家事に手が回らないのはしょうがない。そんなことは、渚よりも七年長く会社勤めをしている樹のほうがよくわかっている。

それだから、渚を悩ませないようにしようと考え、なにも気にしていないという態度を取り続けた。

常に笑顔で接していれば、彼女も以前みたいな笑顔になってくれると信じて。

しかし渚の笑顔は戻らず、相変わらず彼女の話には俊一の名前が出てくる。そのときに浮かぶ笑み――

それに気づいたとき、抑え切れない衝動に襲われた。

それが、昨夜だ。

無理なことをして困らせているとわかっていたのに、渚を求めた。戸惑って口を開いた彼女から、またもや俊一の名前が出てくる。

――耐えられなかった。

当時は鼻で笑っていた、俊一から投げられたあの言葉が、現実味を帯びて樹を襲った。

――課長とのことも気を使ったのかな、とか……

渚は優しい。人を傷つけないように心を配れる女性だ。幼い頃からそうだった。それだから余計に、俊一の捨てゼリフが胸をつく。

大好きな渚。ずっと彼女が好きだった。かわいくて堪らなかった。

樹に懐き、いつも笑顔で安らぎをくれる女の子。

しかし、いかんせん七つという歳の差は大きい。

樹が世間的に大人と認めてもらえる二十歳になったとき、渚は十三歳。〝お兄ちゃん〟以上の存在になどなれるものか。

諦めの気持ちから、流されるままに恋人を作ったこともあった。だが、彼の中の優先順位は、変えることができなかったのだ。

たとえば、つきあっている女性と出かける約束があったとしても……

『あら？　樹、今日は一緒に出かけるって言ってなかった？』

『あっ、わるい、妹に勉強教える約束なんだ。あいつ、中間テストの試験範囲を間違って覚えてたとかで、半べそ状態でさ』

『ふざけないで！　いっつも、妹が、妹が、って！　樹は一人っこでしょう⁉』

樹に悪気はない。交際する女性が何人変わろうと、彼は渚との約束があれば、たとえ恋人に誘われても決して予定を変えることはなかった。

『来週の日曜？　ああ、無理。妹の誕生日なんだ』

『いっつもそればっかりね！　あたしと会うのがイヤなんでしょう⁉』

――当然、長続きした恋人などいない。

やがて白瀬川建設への入社が決まったとき、彼はふと気づいた。自分が社会人ということは、渚は高校生。今年で十六歳。――女の子は、結婚が許される年齢。

もしかしたら、告白をしても許されるのではないか。

初任給をもらった日、樹は目をつけていた指輪を購入して渚のもとを訪れた。

彼はこのとき、彼女に告白をする気でいたのだ。

——ずっと、渚が好きだったんだ……

指輪を彼女の指に通して、俺には渚じゃなくちゃ駄目なんだと言うつもりでいた。

指輪を受け取った彼女はとても喜び、涙まで流して、大切にすると言ってくれた。

渚の気持ちが嬉しくて、樹も胸が締めつけられ嬉し泣きをしそうになったのを覚えている。

『指輪のついでっていうのも、なんなんだけど……』

などと言い、告白の照れくささを軽減させようともした。

しかしそのとき、渚が例の提案をしてきたのである。

『わたしも社会人になって、初めてお給料をもらったら、樹君にプレゼントする！』

大学へ進学するとして、渚が社会人になるまで、あと七年。

少々待たされるお返しではあるが、その内容は、樹をおおいに奮《ふる》い立たせるものだった。

『一生の思い出になるような……、なんて言うのかな、樹君が絶対にこれが欲しかったって思えるものを、プレゼントするね！』

この言葉を聞いた瞬間、樹は計画の延長を決定した。

この約束を果たしてもらう日。——渚を、もらおう。

彼女に、プロポーズをしよう。

七年後、渚は二十三歳、樹は三十歳になる。ずっと悩み戸惑い続けた七つの歳の差が、やっと問題にならないものになっているではないか。

その日のために、樹は彼女にプロポーズをする権利を得ようと、とある条件をクリアした。

そして七年後の運命の夜。プレゼントして以来見ていなかった指輪を、渚が大切に首からかけていたことを知って感動した。

プロポーズを受けてくれたことにも、どれだけ喜びを感じたか……

たとえ〝お兄ちゃん〟の延長線で好きだと言ってくれているのであっても、それでもいいと思った。渚を手に入れられるのなら……

嬉しくて、嬉しくて、叫び出してしまいそうだった。

「ここまできて、いまさら渚を諦められるか……」

決意をこめた声で呟き、樹は渚が走り去った方向へ足を進めた。

＊＊＊＊

逃げ出した渚はひたすら歩き続けていた。

――あんな約束がなければ、お前は俺と結婚しようなんて考えなかったか？

そんなことあるはずがないでしょう、と言えれば良かったのに……

怒ってそう言ったあとに、自分がどれだけ樹が好きか、伝えられれば良かったのに。

それが、できないほど心が痛くて、切なくて。樹が好きだと、ただひとこと呟くのが精一杯だった。

（樹君、酷《ひど》いよ……。同情で結婚したみたいなこと言うなんて……、酷いよ！）

悲しみにくれるまま、心の中で彼を責める。溢《あふ》れる涙のせいで視界が不鮮明になり、渚は歩調を緩めた。

立ち止まってまばたきをすると、溜《た》まっていた涙がぽろぽろと落ちていく。そっと肩越しに振返るが、そこには薄暗い歩道があるだけ。

人通りの少ない道のため、樹どころか他に人影もない。時々、車道を車が通っていくのみ。

追ってきてくれるのではないか……。かすかにでも考えてしまったのは、間違いだった。

渚はふと自嘲《じちょう》し、あてもなくゆっくりと足を進める。

どうしたらいいだろう。どこへ行けばいいだろう……

実家。いや、そんなことはできない。泣き顔で帰っては、実家の両親どころか、樹の両親にも心配をかけるだろう。

何気なくマンションへ帰って謝ってしまおうか。

しかし、なにを謝ればいい？　自分はなにもしてはいない。謝る理由など……

「――あるかもしれない……」

渚はポツリと呟いて足を止める。そこはちょうど、小さな川にかかる橋の中央だった。

欄干《らんかん》に手をかけ、視線をさまよわせる。ゆっくりと流れる薄暗い川。それに同調して、渚の心の中にも薄暗い気持ちが流れていく。

「わたしは……、樹君の気持ちに甘えすぎてた……」

大好きな樹にプロポーズをされて、嬉しかった……

指輪の約束を覚えていてくれた彼に感動し、結婚してからは信じられないくらい甘やかしてくれる彼を不思議に思いながらも、嬉しくて、嬉しくて……

浮かれすぎていたのかもしれない。

抱きしめてくれる腕。愛情をたくさんくれる唇。心を昂《たかぶ》らせてくれる言葉。

自分は当然のようにそれを受け止め、返すことをしていなかった気がする。

予想外の溺愛《できあい》を受けて戸惑う一方で、彼が愛情をくれて、自分を信じてくれるのは当たり前だと、驕《おご》ってはいなかっただろうか。

そして今回、そんな甘えが、彼の気持ちを害してしまった。

仕事であろうとなかろうと、妻が仲の良い男の車に乗って帰ってきた姿を見て嫉妬《しっと》心が動くのは当然だ。

自分だったらどうだろう。もし樹が、仲の良い女性の同僚を残業のたびに車で送っていたなら。

そのことを彼が黙っていたことを知れば、イヤな気持ちにならないか。『どうして言ってくれないの』と彼を責めるかもしれない。

自分との結婚式の準備を後回しにして、その同僚と一緒にする仕事にばかりに集中していたら、どう思う。

渚には耐えられない。

みっともなくやきもちを妬《や》いて、泣いて、わめき散らしてしまう気がする。

彼が耐えられなくなって、皮肉のひとつも口にするのは無理もない。

「……謝らなくちゃ……」

首の横からチェーンを引っ張り、渚はブラウスの上に出した指輪を握りしめる。

この指輪をもらったとき、胸を埋めた感動。それを思い出そうと瞼《まぶた》を閉じた。

背後の車道を走り去っていくエンジン音に続き、それが停まる音とドアが開閉する音が耳に入る。

こちらに走り寄ってくる足音と共に肩をポンッと叩かれ、渚は目を開いて顔を上げた。

「なにやってんだ、お前。こんなところで」

俊一だった。送り届けたはずの渚がこんな場所に立っているのが不思議なのだろう。彼は驚いた顔で彼女を見ている。

「佐々木君こそ、なにしてんの……」

「お前を降ろしたあと、近くのコンビニに寄ってたんだ。で、帰ろうとしたら一人で川を眺めている人影が目に入ってさ。変な奴がいるなと思って、よく見てみれば近藤だし」

「……変で悪かったわね」

「一人でなにやってんだよ。……ってか、なんで泣いてんだよ」

涙はすでに止まっている。しかし潤《うる》んだ瞳と涙が流れた痕《あと》は隠せなかったようだ。

渚は俊一の視線から逃れるように下を向き、指輪から手を離した。

「どうしたんだよ。課長と喧嘩《けんか》でもしたのか。っていっても、あの課長がお前に怒るとか想像できないけど……」

「……喧嘩とかじゃないの……。わたしが悪いんだし」

「結婚式の準備がうまく進んでなくて怒られたとかなんだろ？　引き出物でもめたのか？」

当たらずと雖《いえど》も遠からずではあるが、適当な返事をして誤解されるのもイヤだ。渚は顔を上げ、頼りない言い訳をした。

「違うの。ほら、最近仕事が忙しくて、帰りも遅くて。……家のこともできないし、結婚式の準備も進まないし、話し合いもできなくて……」

「だから怒られたんだろう？　おれが言ってるのとほぼ同じじゃん。でも、こんなところに来て泣いてるなんて、よっぽどだな。そんなにきつく言われたのか？」

「……樹君は悪くないの……、わたしがちゃんと考えてないから……」

「仕事だぞ。ずっと忙しいわけじゃない。ピークを過ぎれば落ち着くし、そうしたら結婚式の準備にだって手が回るんだろ？　課長はそんなこともわかってくれないのか？　石頭すぎないか？」

「だから、違うの……。わたしが樹君の気持ちも考えないで……」

「いい加減にしろよ!!」

動揺しながらも説明しようとしていた渚を、俊一がいきなり怒鳴りつける。驚いた渚が視線を上げると、悲しそうな顔をする彼がそこにいた。

「佐々木君……」

「なんなんだよ、お前……。ふたこと目には『わたしが、わたしが』って。悪いのは全部お前か？　どうしてそうやって課長に気を使ってばっかりなんだ」

「気を使う……？」

「お前、本当に課長が好きなのか？　課長に約束だから結婚しろって言われて、そんなに言うならって思って結婚したんじゃないのか？」

「そんなこと……！」

「じゃあ、なんでいつまでも、こんなもん着けてんだよ！」

　俊一の手が急に胸元を掴み、渚はびくりと身体を震わせる。しかし彼が掴んだのは胸倉ではなく、ブラウスの上に出ていた指輪だった。

「約束だかなんだか知らないけど、いつまでもこんなもん着けて……。それでそんな話を聞いたら、結婚して良かったんだか悪かったんだかわかんないだろう！　仕方なく結婚して、それを自覚するために着けてんのかと思っちまうんだよ！」

「仕方なくなんて……。そんなことあるわけがないでしょう、わたしは……！」

「苛々すんだよ！　お前がこれ着けてると！」

「わたしがなにを着けていようと、佐々木君には関係ないわ！」

「迷惑なんだよ！　好きな女が、結婚に縛《しば》りつけられてる首輪みたいなもんチラチラさせてれば、イラつくのは当たり前だ！」

　憤《いきどお》る俊一につられ、渚の口調も荒くなった。だが、彼の答えに、渚は言葉を失う。

――好きな女が、結婚に縛りつけられてる首輪……

(佐々木君が……？　わたしを……？)

仲の良い同僚だと思っていた彼の告白は、渚を惑《まど》わせる。

今まで樹の話をしたときに不機嫌になっていたのは、人の惚気《のろけ》を聞かされるのが嫌いだからというわけではなく、嫉妬《しっと》をしていたということなのだろうか。

だとしたら、自分に対する気持ちを知らなかったとはいえ、彼を傷つけていたことになる。

「佐々木君……、わたし、知らなくて……」

彼に謝ろうとすると、首にかかっているチェーンが引かれたのがわかった。それ以上の言葉を出せない渚に、俊一は深刻な声で言い放つ。

「結婚……、やめろよ」

「え……」

「こんなもんに縛りつけられてるくらいなら、……そんな結婚やめろ……。これの約束があったから、お前、いつまでも課長に振り回されてんじゃないか！」

彼は憤りと共に、指輪を掴んだ手を引く。一瞬チェーンごと首が前に出た渚だったが、引っ張られる力に負けたチェーンが切れてしまい、反動で一歩後退した。

「佐々木君！」

そして次の瞬間、渚は絶叫する。

俊一はチェーンを引きちぎった手を大きく振り上げ、川に向かって放り投げたのだ。

街灯だけが頼りの薄闇の中に、きらりと輝くものが宙を舞う。

だが、その輝きが目に入ったのはほんの一瞬。それはすぐに闇の中に姿を消す。車道を通る車の音のせいで、指輪が川に呑みこまれていった音さえ聞こえなかった。

渚は震える手で首元に触れる。

そこに指輪はない。いつも下がっていたチェーンの感触も。

チェーンは引きちぎられてしまった。そして指輪も……

「いやぁっ……!!」

全身が凍りつくような恐怖感と、心の支えを失ってしまった動揺。それを感じた渚は我を忘れて走り出す。

橋から横道に入ると、河原に下りる斜面の前にガードレールが続いている。そこへ走り寄った渚は、ガードレールを飛び越えようとした。

だがそのとき、両腕を引かれて引き戻されたのだ。

「なにやってんだ、渚！　危ないだろう！」

彼女を止めたのは樹だった。走り去った渚を走って探し回っていたのか、息を切らせている。

樹が追いかけてきてくれた。数分前ならば嬉しかったはずの喜びを感じることもできない。渚は動揺したまま言葉を発した。

「落ちたの……、落ちたの、指輪……、川に！　拾わなきゃ……、早く、早く取ってこなきゃ！」

「馬鹿！　川に落ちたなら無理だ！　小さい川だけど、ここは意外に深いんだ！」

「いやぁっ！　取ってくる……取ってくるの！　樹君が……樹君がくれたんだもの……！　わたしの宝物なんだから……、ずっと、ずっと……、大切にしてきたんだから！」

「指輪くらいまた買ってやる！　あんな小さいものじゃなくて、もっと、今の渚に似合うやつ。だから諦めろ！」

「そういう問題じゃないの！　あの指輪は、わたしを樹君と結婚させてくれた大切な指輪なの！　もらったとき、わたしがどれだけ嬉しかったと思ってるの！　ずっとずっと、大好きだった樹君がくれたんだよ！　あの指輪と一緒に、わたしはずっと樹君の傍にいられる権利をもらったような気がしたの！　あれがなくなったら、わたし、樹君の傍にいられなくなる！」

混乱のあまり、渚は自分でもなにを言っているのかわからない。

樹と自分を結びつけてくれた、約束の指輪。それがなくなったら、彼の傍《そば》にはいられなくなってしまうかもしれない。その恐怖が大きくなり、動揺が止まらなかった。

そんな渚を、樹は両腕できつく抱きしめ自分の胸に閉じこめた。

「わかった……、わかったから……」

「いつきく……」

渚の顔を自分の胸に押し付けて、樹は止まらない彼女の言葉を封じる。とにかく落ち着かせなくてはならないと感じたのか、泣き出してしまった渚に「わかったから」と何度も繰り返した。

薄く開いた渚の目に、涙に混じって俊一の姿が映りこんだ。彼は橋のたもとに立って、こちらを見ている。

俊一のほうに顔を向け、同じように彼を視界に入れた樹が、厳しい声を出した。

「佐々木君、もう、帰りなさい」

「でも……課長……。おれ」

「帰りなさい。これ以上渚を動揺させるようなら、俺が君を川に叩きこむ」

「……申し訳、ありませんでした……」

涙のせいで、渚には俊一の顔がよく見えなかった。けれど声のトーンから察するに、やり切れなくて辛そうな表情をしていたのではないかと思う。

俊一はガードレール側に停めていた自分の車に乗りこむと、すぐに走り去った。指輪を投げ捨てた張本人がいなくなったことで、渚はこのやるせなさを誰にぶつけていいのかわからなくなる。

つい、樹の背中をポカポカと叩き始めてしまった。

「叩くなっ」

「だって……、だってぇ……」

俊一を責めたいわけではない。彼にだって、やり切れない気持ちがあったのだろうから。

だったら、この収まりのつかない気持ちを、どうしたらいい。

大切なものを失ってしまったこの虚無感と、心にぽっかりと穴が空いてしまったような寂しさ。

「指輪がなくなったって、俺がいるだろう？」

暴れる渚を押さえ、樹は彼女の頭を撫《な》でる。

「俺はなくならないよ。ずっと、渚と一緒だ」

「樹君……」

「嬉しかったぞ、渚。普段大人しいお前がこんなに取り乱すほど、あの指輪を大切にしてくれていたんだって知って」

「だって……、あの指輪のおかげで、わたしは、樹君のお嫁さんになれたんだもの……」

やっと涙が収まってきた渚の顎《あご》をすくい、樹は彼女を見つめる。

泣きすぎて視界が少しぼんやりとしているのに、なぜか樹の姿だけは渚の目にしっかりと映った。

穏やかな表情で、渚が大好きな極上の微笑みをくれる彼が……

「違う。あの指輪の約束がなくたって、俺は渚にプロポーズをしていた」

樹の唇が、渚の唇に重なった。


今にも崩れてしまいそうな心と身体を樹に支えられ、渚はマンションへ帰った。

ドアを開けて中へ入ると、薄暗い部屋が二人を迎える。

マンションの共有部分の廊下が明るかった分、その暗さが、まるであの橋の上へ戻ったかのような錯覚《さっかく》を渚に起こさせた。

肩を抱かれたまま、彼女は樹にしがみつく。その気持ちがわかったのか、樹は震える渚を黙って抱きしめた。

「渚……、さっきは、ごめんな……」

彼が言うのは、言い争いをしたときのことだろう。

それを理解した渚は、彼の腕の中で小さく首を横に振った。

「ううん……。わたしも悪かったの……。ずっと甘えてばっかりで……」

「渚……」

「……樹君に、甘えることしかしてなかった……。それが当たり前みたいに。……ごめんなさい。樹君の気持ちを考えられなくて……」

渚を抱きしめる腕の力が強くなる。その力強さを心地よく感じながら、渚は橋のたもとで樹がくれた言葉に答えた。

「指輪の約束がなくたって……わたしも、ずっとずっと、樹君が大好きだったよ……」

靴を脱ぎ廊下へ上がるものの、二人は互いの身体を離さず、またすぐに抱きしめ合い、唇を重ねる。

唇を貪《むさぼ》りながらお互いを掻《か》き抱き、その存在を確かめ合った。

口腔《こうこう》をなぞる彼の舌を感じた渚は、初めて自分からも舌を絡《から》める。樹は彼女の仕草に一瞬戸惑いを見せたが、すぐにそれを受け入れてくれた。

樹がいつもしてくれるように、彼の舌をくすぐり、軽く吸いつく。強弱をつけて何度か繰り返すと、くすぐったいのか彼の唇が笑みの形になった。

「どうした。渚」

「ん……？」

「積極的だな」

「……うん……」

渚は離れた唇を再度合わせ、首の向きを変えて彼の唇を貪る。

もっともっと感じたかった。樹はここにいるのだと、彼は自分と共にあると、確認がしたかったのだ。

――大切な指輪のように、なくなってしまうことはないと……

「……樹君……」

「なんだ」

「もっと……強く抱いて……」

望み通りとばかりに、樹は渚を強く抱きしめる。彼の力強さを全身で感じながら、渚は失ってしまったものの寂しさを最愛の人で埋めようと必死に抱きしめ返す。

「渚……」

彼女の髪を撫《な》で、樹は囁《ささや》く。

「俺は、なくならない……。ずっと、ずっと、渚の傍にいる。いつまでも、だ……」

橋のたもとで口にした言葉を繰り返す樹。彼は、渚が指輪をなくしたショックから気持ちを切り替えられずにいるのを、悟っているらしい。

簡単に諦められるものではない。

二人の大切な思い出。それこそ、渚にとっては、心の一部分だったといっても過言ではないのだ。

「樹君……いつきく……」

渚は泣き声になり、樹に唇を合わせる。嗚咽《おえつ》を堪《こら》え、身体をよりすり寄せて、もっと深く彼との繋《つな》がりを望んだ。

口づけを続けつつ、樹のネクタイを解《ほど》き始める。

こんなことを自分からするのは初めてだ。恥ずかしいことだと思っていたのに、始めてしまうと止まらない。

ネクタイをといた渚の手は、スーツのボタン、そしてワイシャツのボタンを外す。シャツをはだけた彼の胸を両手でまさぐれば、温かな肌の感触が手のひらに沁《し》みこんだ。

じんと全身が熱くなり、触れているだけなのに甘ったるい電流のようなものが流れてくる。渚は大きくふるりと全身を震わせた。

「……おかえし……」

ぞくりとするほど艶《つや》のある声が、唇の先で囁《ささや》かれる。渚の舌から逃げた彼の舌が、今度は彼女の舌をさらい、吸いついてきた。

渚がしたのと同様に、強弱をつけて舌を吸いつつ、彼は彼女の服を脱がせ始める。スーツとブラウスのボタンを外し、ブラジャーのホックも外してしまった。

対抗しているわけではないが、同じことをされると樹よりも先に進みたくなる。

彼に脱がされてしまう前に、渚は樹のシャツを掴み〝脱いで〟と手を動かした。

その途端、舌先をカリッと甘噛《あまが》みされ、小さく肩が震えてしまう。

「渚の駄々《だだ》っ子……」

囁いた樹は、とろりとした吐息を唇に吹きかけ、下唇を食《は》みながら渚の要求に応える。

樹のスーツとワイシャツが先に廊下へ落ちるが、すぐに彼の手で渚の上半身も裸にされてしまった。

部屋の照明も点けず、食事も後回し。二人は自然と互いを求めている。

唇を重ね、身を寄せ合い、肌をまさぐりながら足が向かうのは、いつも愛を重ねる寝室。

ベッドに辿《たど》り着く前に、渚の手が樹のベルトに触れる。しかし歩いているうちは、どうにも外しづらい。すると彼はベッドの前で立ち止まり、渚がベルトを外し終えるのを待っていてくれた。

「渚に脱がされると、興奮するな……」

「やぁね……」

樹が言っていることは嘘ではないようだ。見るからにズボンの前がきつく張り詰めていて、渚が脱がせてあげるのは無理そうだと感じる。

しかし深く考える間もなく渚はベッドの端に座らされ、そのままシーツへ横たえられた。

樹の唇が重なり、首筋から胸へと下りていく。渚も彼の肌に触れたくて、背に腕を回す。お互い熱くなる素肌を感じ合っているうちに、樹は自分のズボンを脱ぎ、渚の衣類もすべて取り去った。

重なる肌が気持ちいい。抱き合っているだけで快感が湧き上がってくる。

「渚の肌は……本当に気持ちがいいよ……」

「わたしも……」

素肌で抱き合っているだけなのに、身体の奥底にまで樹の体温が沁みこんできて悦《よろこ》びに包まれる。

激しい愛撫《あいぶ》があるわけでも、強い快感があるわけでもない。だけど、この気持ち良さはなんだろう。

「渚……」

「なに……」

「このままで、渚を感じてもいいか……」

その言葉の意味は、深く聞かなくともすぐにわかった。

「そのままの渚を、感じたいんだ……」

熱を帯びた、甘い声。

渚は、全身が溶けてしまいそうだと感じていた……

「いつき……く……ん……」

全身で覆《おお》いかぶさり、渚を包みこもうとするかのように抱きしめる彼。そんな樹の背に腕を回して、渚も強く抱きついた。

彼の膝が渚の膝のあいだに入る。彼を迎えるために、渚は両足を広げわずかに腰を上げた。

肌よりもずっと熱い塊《かたまり》が、ぬかるんだ花芯《かしん》にあてがわれるのがわかる。樹が腰を動かして位置を合わせると、彼の滾《たぎ》りが渚の中へゆっくりと沈んだ。

互いの大きな吐息が、静かに漏《も》れる。

いつもは挿入感の刺激にかたまる身体が、全身を貫《つらぬ》く熱さに甘く戦慄《わなな》く。

大きく広げられた両足のあいだで、ピッタリと密着し律動を送る樹。

中を擦る温度がいつもより熱い。そう感じてしまうのは、遮《さえぎ》るものがないからだろうか……

そのままの彼を迎えるのは初めてだ……

怖くはない。夫婦なのだから。

渚にも、そのままの彼を感じられる喜びと、もしかしたらいつもより快感が大きいのではないかという、恥ずかしい期待がある。

身体の内側から、本当に彼のものになれるような、そんな気がした。

「いっ……あっ、あ……」

「渚の身体、温かい……。いや、熱いよ……。凄く気持ちイイ……」

「わた、わたしも……、ぁ、あんっ……！」

律動と共に回される腰。彼の切っ先が熱い内側をえぐり、甘美な痺《しび》れを広げていく。

もっとそれが欲しいと、今夜は素直に思えた。渚は両足を樹の腰に絡《から》みつかせる。

彼女がそんな積極性を見せるのは初めてだった。それが嬉しかったのか、樹の抽送《ちゅうそう》が激しくなる。

「あっ……！　ぁぁンッ……樹くぅ……」

抱き合ったまま唇が重なった。強く吸いつきあい、その激しさを表すように唇の端から涎《よだれ》が垂れ落ちていく。下半身を大きく揺らす彼の動きでベッドがきしむたびに、渚の喉《のど》からも呻《うめ》きが漏れた。

唇が離れると、口腔《こうこう》が急に熱く感じる。彼の動きが緩やかになり、渚は口を半開きにして息を荒らげた。

すると、そんな彼女を見て樹がクスリと笑う。

「気持ち良いか？」

「う……ん……、いいよ……」

「凄くわかる。目がとろんとして……、涎垂《よだれ》らして……。

「すごくいやらしい顔してるぞ」

「や……やだぁ……」

我ながら、とろけてしまいそうな気分だ。でも、そんな自分の状態を教えられると恥ずかしくなる。

渚はせめて口元を拭《ぬぐ》おうとするが、その前に樹が唇の横をぺろりと舐《な》めた。

「渚が涎を垂らすのは、美味《うま》いものを食ってるときだもんな」

「い、今、それを言うと、凄くエッチだよっ……」

渚は以前、同じことを言われてからかわれたのを思い出す。あれはまだ、プロポーズをされる前だった。あのときは本当に食べものの話だったが、今の意味は違うだろう。

だが、美味《おい》しいものを食べているとき以上に、渚の身体は樹と繋《つな》がっているこの幸せを悦《よろこ》んでいる。

樹は渚を抱きしめたまま身体を起こし、ベッドに座る。渚は足も腕も彼に絡みつかせていたので、彼にしがみつき腰に跨《また》がる体勢になった。

「動いてごらん」

「え……？　わたしが……？」

「うん。渚が気持ちイイように動いていいよ」

そう言われたところで、どう動けば気持ち良いのかなどわからない。

こういった体位があると知ってはいても、今まで常に受け身だった渚にとって、実際にするのは初めてだ。

「渚が気持ちイイって思ったら、俺も気持ち良いから……」

樹の言葉を信じて、渚はゆっくりと腰を動かし出す。前後左右に、そして上下に、おそるおそる腰を回してみた。

何度かそれを繰り返す。下半身が密着しているおかげで中どころか花芯《かしん》自体が擦られ、まるで手のひらで擦り動かされているかのような気持ち良さが広がっていく。

「あ……ンッ……、樹くぅ……」

「上手だよ。俺も気持ちイイ……」

本当だろうか。自分の動きはたどたどしくて、彼みたいなキレはない。

それでも、彼も気持ち良いのだという言葉を信じて、彼女は腰を回したり動かしたり続けた。動くたびに花芯が擦られ、溢《あふ》れた愛液がくちゃりくちゃりと、なんともいえないいやらしい音をたてる。

それを恥ずかしいとは思うものの、渚はじわじわと広がってくる快感に、夢中になり始めていた。

「あっ……い、いっ……あっ、きもちいぃ……んっ……」

しがみついていた腕を離し、樹の肩に手を置いてわずかに背を反《そ》らす。腰の位置が微妙に変わって擦られる部分も変われば、また違う快感が湧き上がってきた。

「渚……、凄く綺麗な顔してる。リラックスしていて……いい感じだ……」

綺麗な顔。それは、いったいどういった意味なのだろう。もしや、いやらしい顔の間違いではないだろうか。

彼は、今までのセックスで綺麗なんて言葉をくれたことはない。

だが、リラックスできているというのは自分でもわかる。

気持ちがとても楽だ。抱かれることへの気負いも、快感を受け取ることへの遠慮もない。

大好きな樹を全身で感じたい。その気持ちだけが、自分を動かしていた。

渚が身体を動かすたびに、胸のふくらみが揺れる。樹は両手でそれを揉《も》み、片方の乳首を舌で転がした。

「あっ……んっ、樹くっ……」

頂《いただき》を咥《くわ》えられ、口の中でくちゅくちゅと吸いつかれる。同時に乳房を揉みつつ乳首をつまみあげられ、渚は腰を震わした。

「きもち……ィ……ィ……、あぅんっ、んっ……」

「俺も……。渚が感じてくれてるんだって思うだけで、凄く興奮するよ」

渚も、樹が感じてくれていることが、とても嬉しい。腰を動かし続けていた渚だったが、乳房に触れていた樹の手に制止されて動きを止めた。

急に鼓動《こどう》が速くなる。走ったあとに感じる呼吸の乱れにも似ていた。

胸もドキドキしているが、刺激され続けた花芯《かしん》がジンジン痺《しび》れている。

このまま動いてはいけないのだろうか。彼自身を受け入れたままの中は焦《じ》れて、疼《うず》いたり締めたりを繰り返しているというのに。

「愛してるよ、渚」

「樹君……」

「もっと感じて……、俺の腕の中で、どんどんかわいく綺麗になっていく渚を感じたい……」

渚の腰を押さえ、樹が下から彼女を突き上げ始める。

深く浅く、腰の角度を変えて埋めこまれる滾《たぎ》りは、渚を悶《もだ》えさせた。

「あっ……ああっ……樹くぅん……！」

シーツに身体がついているときとは違い、この体勢では焦れて動く身体を押さえつける場所がない。渚は両手を樹の肩から外し、彼に抱きついて自分を抑えた。

上半身を樹に密着させ、彼が突き上げる動きに下半身を任せる。

擦られて熱くなる中から、甘ったるい快感が、どんどん全身に広がっていった。

「いつ……き、くんっ……！　ああっ……あっ、わたしっ……あっ！」

高まっていく快感の中で、やがて襲われる感覚。それは、いつもは怖くて途中で逃げてしまう絶頂の波だ。

――けれど……

「い……イイっ……、きもちいいよぉ……。樹くぅ……あっ……！」

今は、怖くない。

このまま感じ切って良いのだという安心感が、渚の中に生まれている。

どんなに快感に乱れようと、彼はそれを笑わない。

そんな自分を見られても、恥ずかしがることも、怖がる必要もないのだ。

樹は渚がどんな痴態《ちたい》をさらそうと、なによりも誰よりも愛してくれる――

「樹くんっ……、イ……く……、わた、しっ……」

「いいよ渚、そのまま、イっていい」

「ンッ……あっぁ！　いつきくんっ……好き……、大好きっ……あぁぁっ……！」

湧き上がる快感はどこまでも高まり、このままいったら身体が浮かび上がっていくのではないかという錯覚《さっかく》を起こさせる。

彼が突き上げるスピードは増し、力強さが加わった。肌のぶつかり合う音が激しく響くが、それを恥ずかしいとは、もう思わない。

――彼が自分を愛してくれる行為のすべてが愛おしい……

荒い呼吸が一瞬止まる。

その瞬間、渚は大きな波に呑みこまれていくような快感に襲われ、頭の中に真っ白な光がまたたいた。

同時に、樹も腰を押しつけたまま止まり、強く渚を抱きしめる。

下半身から熱と一緒に痙攣《けいれん》が広がり、両足がガクガクと震え出した。

「いつきくっ……いつきくん……」

与えられた恍惚感《こうこつかん》に、意識が飛んでしまいそうになる。

そんな自分を押し留めようと、渚は何度も樹の名前を呼んだ。

彼女の髪を撫《な》で、樹は震える渚の足を優しくさすった。

「渚……、ありがとう。……ちゃんと、イってくれたんだな……」

樹が喜んでくれている。自分を愛しんでくれている。全身でそれを感じた。

「……樹君……、愛してる……」

渚はやっと、自分のすべてを彼に預けられたような気がした。

第五章　壊せない指輪の絆《きずな》

仕事の都合で時々は早出をする樹だが、特に用事がない限りは渚と一緒に出社をする。

そんなときは、もちろん朝食も一緒。

たまには和食に挑戦もするものの、メニューはパンが多い。

ひと騒動あった翌朝も、朝食はトーストとベーコンエッグだ。ただし今朝は、樹が用意をしてくれた。

昨夜、二人はたっぷりと愛し合って眠りについた。それによって心も身体も満たされた渚は、明日の朝食は頑張って和食にしようと考えていた。

しかし明けがた、渚の寝顔で盛り上がってしまった樹に、早朝から恍惚《こうこつ》の海を漂《ただよ》わされてしまったのだ。

つまりは動けなくなった渚の代わりに、樹が準備をしてくれたのである。

「渚、トーストにジャム塗るか？　俺が塗ってやるぞ」

ダイニングテーブルにイチゴジャムとオレンジマーマレードの瓶を置き、樹が尋ねてくる。ワイシャツにネクタイの彼が、笑顔でジャムの瓶を持つ姿は、会社では絶対にお目にかかれないものだ。

それがまた、見惚《みと》れてしまうほど様になっている。

椅子《いす》に座りかけたままぼうっとしていた渚は慌てて片手を振った。

「いいよ、自分で塗るよ」

「なんで？　塗ってやるって。甘ーい、って文句が出るくらいタップリ」

「なにそれぇ。あ、じゃあ、わたしが樹君の分を塗ってあげる。樹君はジャムだよね？」

「いや、俺はいいんだ」

「どうして？　朝から体力使ったんだから、カロリー取りなよ」

ちょっと恥ずかしい意味をこめた冗談は、渚にしては珍しいものだ。すると、樹はニヤリと意地悪な笑いかたをした。

ドキリとしたときには、もう遅い。渚は樹に肩を抱き寄せられ、頬にキスをされた。

「甘ーいトーストを食べたあとの渚に、キスする予定なんだ。そうしたら、俺の口の中も甘くなってちょうどいい」

「もうっ、樹君」

「駄目か？」

「駄目なわけないでしょっ」

渚は笑って樹の胸をポンッと叩く。すぐに顎《あご》をすくわれ、彼の唇が落ちてきた。

チュウッと吸いつき、おどけるように音をたて唇が離れる。

「まだ甘いトースト食べてないよ」

「食べなくても、渚は充分に甘いんだ。身体中」

「なんかそれ、エッチだよ」

「そのつもりで言った」

二人で声をあげて笑い合う。樹が肩をポンポンと叩いたので、渚は席に座ろうという意味なのかと思ったが、彼の手は離れない。

顔を向けると、彼は穏やかな表情で渚を見つめていた。

「今週末にでも、指輪を見に行こうか」

「指輪？」

「うん。普段着けて歩けるようなもの、ひとつ買ってやるよ。それと……ちょっと太めのチェーン。引っ張っても、なかなか切れそうにないやつ」

樹は、川に捨てられてしまった指輪の代わりを買ってくれると言っているのだ。

渚にとって、いや、二人にとって特別だった指輪。代わりになるものなど存在しないとはいえ、樹は前向きな気持ちで言ってくれている。

新しい思い出を作る意味でも、素直に甘えるべきだろう。

「うん……。でも、前のと似たやつね？　わたし、あのデザインすっごく気に入ってたんだから。フラットタイプで、唐草《からくさ》の飾り彫りで、小さな宝石が入っていて……」

「わかってるよ。いっそ、あれを買ったところに行くか？」

「聞いたことなかったけど、近くなの？」

「結婚指輪を買った店の近くなんだ。そういえばあのとき、一カ月遅れのホワイトデー用のプレゼントですか、なんて聞かれたな」

「男の人って、クリスマスとかホワイトデーとか、そういったイベント以外で女性用のアクセサリーを売っているお店には行かないからじゃない？」

「……イベントでも入ったことなかったな……。まあ、そういうものが好きな男じゃなきゃ、入らないだろうな」

「そう考えると、樹君は指輪を買いに行ったとき、恥ずかしくなかった？　一人で行ったんだよね？」

「一人だったけど、恥ずかしいとかそんなことを考えている余裕はなかったな。とにかく、渚にあげる指輪が買いたかったから」

「そうなの？　嬉しい」

「じゃあ、週末は指輪を買いに、デートだな」

樹が張り切った声を出す。渚もウキウキしていたが、わざと小首を傾《かし》げてみせた。

「夫婦で出かけるのも、デートっていうのかな」

「言うだろう。いや、『言わない』ってツッコまれても、『言う』って言い張るな。俺は」

「じゃあ、わたしも言い張るー」

休日の予定を決め、二人はお互い自分の席に着く。樹が渚のトーストにマーマレードを塗ってくれるのを眺め、彼女はぼんやりと指輪のことを考えた。

二人を結びつけた約束の指輪。大切なお守りであり、渚の心の支えだった。

なくなってしまったのは、やはり辛い。

けれど、だからといって樹といられなくなるわけではない。なくなってしまった事実がかえって、二人の絆《きずな》を強めた気がしている。

そんなことを考えていると、樹がマーマレードを大盛りにしているのが目に入った。

「樹君っ、盛りすぎっ」

「え？　いつもこのくらい付けて食べてるだろう」

「そんなに付けてないよっ。それじゃあ、トースト食べてるのかマーマレード食べてるのかわかんないじゃない」

「朝から体力使ったんだから、カロリー取れ」

「あっ、言ったなー」

先ほど渚がかけた冷やかしで、やり返されてしまった。

楽しい朝食のひとときだけは、指輪をなくして切なくなっていた気持ちも、忘れられたような気がする。


それから数十分後。

「なんだかんだ言っても、渚の仕事も落ち着く頃だろう。もうひと息だな、頑張れよ」

会社へ向かう車の中で樹に激励《げきれい》をもらい、渚はにこりと笑って「うん」とうなずいた。

「昨日の雰囲気からみて、もうそんなに残業とかになることもないと思うんだ。そうなったら、またちゃんとご飯も作るからね」

「デリバリー続いたしな。久々に渚の親子丼食いたいな」

「まかせてっ。親子丼、カツ丼、玉子丼、他人丼、メンチカツ丼を連日食べさせてあげる」

「続けてか？　丼物週間だな」

「シメは牛丼」

「許す」

お許しが出たことで、ほぼ一週間のメニューは決定である。

「卵をいっぱい買っておかなくちゃ」

「明日は土曜日だし、一緒に買い物行こう。渚が一人で行って、卵を割ったらもったいない」

「そんなにそそっかしくないよ」

「俺が一緒に行きたいんだよ。買い物かご持って、かわいい嫁さんと歩きたいのっ」

「わたしも、カッコいい旦那さんと歩きたーい」

二人で笑っていると、赤信号で車が停まる。同時に、樹の笑い声もやんだ。

「渚」

「なに？」

彼の声が穏やかなものに変わっている。なにかを言い聞かせるときの口調だと悟った渚は、笑うのをやめて運転席の樹へ顔を向けた。

「……佐々木君を、責めるなよ？」

その言葉を意外に思い、渚は目を見開く。昨晩、渚を動揺させるのなら川へ叩きこむとまで言って、俊一を威嚇《いかく》した樹。

指輪を川へ投げ捨てた俊一を許せないのは、むしろ樹のほうではないかと考えていたのだ。

「佐々木君には、彼なりの思惑や考えがあったのかもしれない。彼は、仕事熱心で真面目な男だ。大切な仕事仲間である渚と、気まずくはなりたくないだろう」

俊一を責めるなと言ったことにも驚いたが、彼の仕事態度を把握していることにも驚いた。

確かに俊一は真面目だ。フェア担当を任されてからの活躍ぶりには目を見張るものがある。

仕事ぶりを企画課の課長に褒《ほ》められていたのは知っていたが、そんな噂《うわさ》が営業課にまで伝わっているのだろうか。

「渚だって、同僚と仲たがいしたままじゃイヤだろう？」

「うん……、それは……」

「佐々木君は、よく飯《めし》とかジュースとか奢《おご》ってくれるみたいだし。仲良くしとけ」

「なんで知ってるの？　っていうか、その理由なんなの」

「渚が言ってたんだろう。『佐々木君がご飯奢ってくれてー』とか、『佐々木君がジュース買ってくれてー』とか。仲良くしてる話ばっかり聞かされて、俺がどれだけもやもやしたか」

「ごっ、ごめんっ。もう言わない、もう言わない」

慌てる渚を見て楽しそうに笑いながら、樹は車を走らせる。

俊一を庇《かば》ってくれた樹の寛容《かんよう》さに、渚の胸が熱くなる。だが俊一が暴挙に及んだ原因は、それこそ樹への嫉妬《しっと》からだった。

そのことを知っている渚は、いささか複雑な気持ちになる。

あんなことがあったあとだ。今日、俊一に会ったとき、どんな顔をしたらいいのか。

渚が気にしないように繕《つくろ》っても、彼が気にしてしまっていたら……

気まずくてギクシャクするだけではないだろうか。

「あれ？」

樹の訝《いぶか》しげな声が聞こえ、渚は顔を上げる。考えているあいだに、車は会社の駐車場へ入っていたようだ。

「あれ？」

そこで渚は、樹と同じ反応をした。樹の車が停まるスペースの前に、俊一が立っていたのだ。

彼は樹の車が近づいてきたことに気づき、数歩下がってその場から離れる。

車を停めた樹が降りると、渚も急いであとに続いた。

（まさか。喧嘩《けんか》とかにならないよね）

昨夜の俊一は、後悔しているような、とても辛そうな表情をしていた。樹だって、彼を責めるなと叱ったばかり。ここで顔を合わせたからといって、昨夜の憤《いきどお》りが蒸《む》し返されることはないだろう。けれど、樹に歩み寄ってきた俊一は、眉を寄せて深刻な表情をしている。まるで、睨《にら》みつけているみたいだった。

また、樹も真顔になっている。渚がまさか、と思ってしまうのも無理はない空気だ。

しかし、俊一は樹の前に立った次の瞬間、勢い良く頭を下げた。

「課長！　昨夜は申し訳ありませんでした‼」

そして彼は、間髪をいれず渚を見る。

一歩前へ出て、同じように謝ろうとしたのだろう。彼の口が開きかかった瞬間、突然樹が声を荒らげた。

「まったくだ！」

このタイミングで樹が口を開くとは思わず、俊一のみならず渚も樹を見る。

「どれだけ仲が良いのかは知らないけど、俺の目の前で男の車から出てくるなんて言語道断だ！おかげで昨日は、とんだ大喧嘩になったよ！」

「は……あの……、はぁ」

俊一は返事に困っている。彼が言いたかったのも謝りたかったのも、川に投げ捨ててしまった指輪の件だろう。

しかし樹はそれを、渚が男の車から降りてきたことにすり替えてしまった。

「送ってくれるのは有難いが、二人きりはやめてくれ。それくらいならタクシーで帰ってこいって言うし、残業が終わる時間が近いときは俺が連れて帰る。わかったね！」

「はっ、はい！　承知しました！」

ピシリと言い渡され、俊一の背筋が伸びた。緊張して表情を固くする彼をひと睨《にら》みしてから、樹はふっと表情を和《やわ》らげる。

「君が先に謝るべきは俺ではないし、許してもらわなくてはならない相手も俺じゃない」

そう言いつつ親指で渚をしゃくり、俊一の肩に手を置く。

「ひとまず、甘いカフェオレでも飲ませてやってくれ。あとは、そうだな……、君には披露宴《ひろうえん》の余興で、歌でも歌ってもらおうか。それで許してやるよ」

「うっ、歌ですかっ」

「うん。君の雰囲気にまったく合わない、ギャップのある歌が良いな。演歌とか懐かしのアニソンとか」

「かっ、かちょー……」

慌てる俊一に手を上げて見せ、樹は笑って渚に近寄った。

「佐々木君と話しながら行くといい。今日も残業になりそうなら、必ず教えろよ」

「うん、わかった」

「じゃ、先に行くから」

樹は渚にも手を上げて見せ、〝ばいばい〟と小さく振る。渚も笑顔で振り返した。

渚の横に俊一が立ち、彼女と並んで樹を見送る。

「男前だよな、課長……。あんなことしたのに、責めないんだな……」

「当たり前でしょう。わたしの旦那様よ」

「惚れるなぁ、ああいうの」

「ちょっ、やめてよっ」

渚は俊一の冗談に制止をかける。いつもの調子で笑ってくれるかと思いきや、彼は真面目な顔で渚を見た。

「……いや、本当にさ、悪かったよ。あのとき、お前が課長になんか言われて泣いてたんだと思ったら、気が立って……」

「もういいよ。佐々木君は、わたしを心配してくれたんだもの。それに、そうやって謝ってくれる気持ちだけで充分。……指輪のことは、怒ってないから……」

「本当にか？」

「……正直に言えば、怒ってるっていうよりは寂しい気分……。ずっと手元にあったものだし、なくなったら、樹君との絆《きずな》が本当に切れてしまうような気がして怖かったから……」

「絆か……」

俊一が深刻に考え始めてしまったのを見て、渚は明るい声を出す。

「で、でも、カフェオレ二本で勘弁してあげる。あっ、一本は大事な旦那様の分なんだから、佐々木君が届けてよね。あと、披露宴《ひろうえん》の余興は、歌じゃなくて手品がいいな。パーッと派手なやつ」

「て、手品ぁっ？」

「ほら、鳩《はと》が出てくるやつとか」

「でっ、できねぇよ、調子にのんなっ」

「わーっ、怒ったぁ。旦那様に言いつけてやるーっ」

渚がおどけて速足で歩き出すと、「この新婚がっ」と文句を言いながら俊一も足を進めて、横に並んだ。

「仕事……、頑張ろうぜ。お前に残業が回らないように、おれ、二倍頑張るからさ」

「うんっ、よろしくっ」

気まずくなってしまうのではないかと危ぶまれた俊一との関係は、なんとかこじれずに済みそうだ。

指輪の件はさておき、彼には告白めいたことも言われている。だが、彼に話を蒸《む》し返そうとする気配はない。

渚は心の中で、ホッと安堵の息を吐いた。

樹との大切な思い出——約束の指輪を失ってしまったこと。

これは確かに大きなショックだった。

だがそれも、彼に癒《い》やされ、本当の意味で良い思い出にすることができるだろう。

樹が言うように、川の中へ落ちてしまったのなら見つけ出すことは不可能だ。渚は自分の中で、きっぱりと諦めをつけようと決めた。

――決めた、はずだった……

午前中のオフィス。パソコンのキーボードを叩く手を止めた渚の手は、無意識にブラウスの襟元へ伸びる。

「……あ……」

今日、この動作をしてしまったのは何回目だろう。さっきから、何度も何度も繰り返してしまっているような気がする。

こうして手を襟元へ持っていってキュッと握ったとき、手の中に感じられた指輪がない。

――それが、とんでもなく寂しい。

渚は息を吐き、襟元から手を離す。両手をデスクの端に置き、視線を落とした。

諦めなくてはならないとわかってはいる。けれど、そんなすぐに気持ちを切り替えられるはずがない。

七年間、樹への想いと共に大切にし続けた指輪だ。彼にもらったときの感動を、渚はいまだに忘れたことはなかった。

それでも、指輪はもう絶対に戻ってこない。

（絶対に……）

絶望的な言葉が脳裏を駆け巡る。こんなことを考えていないで仕事に集中しなくてはならないのに、今日はそれができない。

「渚ぁー、これなんだけど……。どうしたの？」

歩きながら声をかけてきた彩乃が、渚の横で足を止める。彼女の様子が気になったらしく、彩乃は屈《かが》んで渚の顔を覗きこんだ。

「具合でも悪いの？」

「あ、ううん。なんでもないの。ごめん」

「本当？　なんだか今日は進んでないような気がするんだけど」

彩乃の視線が、チラリとサイドデスクの上に向けられる。ファイルやパンフレットが乱雑に置かれた様子は、いつも綺麗に揃えておく渚らしくない。

彩乃は手に持っていた封筒を手のひらに打ちつけた。

「課長から、渚に回してくれって言われていた書類なんだけど、……あたしがやろうか？　あたし、今ちょうど、とりかかっていたものが終わったところだから」

「い、いいよ。わたしがやる。それ、昨日直接課長に頼まれていた書類だと思うから、人任せにするわけにはいかないし」

「そう？　でも大丈夫？　渚が予定通りに進まないなんて珍しいよ。体調悪いとかじゃない？」

「違うの。少し考え事が長引いちゃっただけ。午後からバリバリやるよーっ」

「あっ、ちょっと元気になった」

「うん、心配してくれてありがとう」

渚は明るい口調で小さなガッツポーズを見せる。その様子に安心したのか、彩乃は笑顔で書類の封筒を渡してくれた。

考え事の内容を聞かれることはなかったが、また挙式の準備関係について悩んでいたのだと思ったのかもしれない。

「じゃあさ、お昼、ホテルのバイキングにでも行かない？　がっつり食べてこようよ」

「お昼……。あ、ごめん。今日はわたし、用事が……」

「あっ、こっちこそごめん。旦那様と一緒にお昼だった？」

「ううん。違うの。本当にただの用事」

「じゃ、次の機会に行こうね」

彩乃はなんの疑いもなくそう言うと、自分のデスクへ戻っていく。

パソコンのモニターに視線を移し、渚はなぜあんなことを言ったのだろうと少し後悔をした。

お昼に用事があるというのは、咄嗟《とっさ》に出てしまった言葉だった。

本当は、用事などない。——ただ、行きたいところはある。

しかし、そこへ行ってはいけないと、渚はあえて考えないようにしていたのだ。

それなのに、ランチを断って一人で自由に行動できる時間を作った。これは頭の片隅に、目的の場所へ行こうという意識があるからではないだろうか。

「……本当に、諦めが悪いな……わたし……」

渚は、昨日指輪が捨てられた川を見に行こうと考えているのだった。

川を見たからって、どうにかできるわけではない。

川の水が涸《か》れて底が見えでもしない限り、指輪は見つからないのだ。たとえ底が見えたって、見つからないかもしれない。

きっと、チェーンも指輪も、もう流されてしまっているだろう。

お昼休みに一人会社を出た渚は、昨夜の場所へやってきた。

橋の欄干《らんかん》に両手を置き、流れる水面《みなも》を眺める。

昨夜は街灯に照らされ薄暗い中でしか見えなかったが、昼間のうちにこうして観察してみると、それほど汚れた川ではない。

渚は大きな目を凝《こ》らし水面を見つめる。直後、自分の往生際《おうじょうぎわ》の悪さを自嘲《じちょう》するみたいに溜息をついた。

「諦めなきゃ……」

今日は朝から、何度この言葉を繰り返しただろう。

なんとなく思い出してしまうのは、学生時代、女の子同士で恋の話をして盛り上がっていたときのこと。失恋をすると、もう駄目だとわかっていても、いつの間にかその人の姿を目で追っているという話を聞いた。

幼い頃から樹一筋の渚にはわからなかった話だったが、あれはもしかして、こんな気持ちなのかもしれない。

駄目だと理解しているのに、儚《はかな》い期待を抱いてしまう。

「諦めなきゃ……」

何度でも、何度でも、自分に言い聞かせる。

大丈夫。悲しいのはきっと今だけ。週末には、樹が次の思い出になる新しい指輪を買ってくれる。

そうすれば、この寂しさだって癒《い》えるはず……

「本当に、失恋したみたいな気分……」

渚は欄干に両腕を置き、そこに顔を伏せる。目を覆《おお》うと、鼻の奥がツンとして瞼《まぶた》の奥が熱くなった。

脳裏に、七年前の樹が浮かぶ。

渚が大好きな極上の微笑みを湛《たた》え、彼女の手の上に指輪を落とした彼。

大好きな幼なじみ。でも、妹以上にはなれないと諦めていた人。

そんな樹がくれた、思い出の指輪。

渚は、彼と同じくらい、その指輪が大好きだったのだ――

＊＊＊＊＊

取引先との話し合いを終え、樹が帰社したのは昼休み終了の五分前だった。

営業一課のオフィスへ向かっていた彼は、その手前でふと足を止める。入り口正面の壁に寄りかかって、こちらを見ている人物——俊一と目が合ったのだ。

間違いなく自分に用があるのだろう。

近づいてくる樹の姿を凝視《ぎょうし》している俊一は、重苦しい雰囲気を漂《ただよ》わせている。

ひとまずは平静を装い、樹は彼に声をかけた。

「どうしたんだい？　こんな所に立って。君のオフィスは隣だろう？」

「これ、課長に」

「ん？」

俊一が差し出したのはカフェオレの缶だ。それも、以前樹が彼に買ってあげたものと同じ品だった。

「近藤……あの、奥さんと話をしていて、カフェオレを課長の分も買ってくれたら許してあげるって……」

妻の出したかわいい条件を知って、樹はクッと笑いを漏《も》らす。カフェオレの缶を受け取り、ありがとうと礼を言って笑顔の横に掲《かか》げた。

つられて俊一も表情を和《やわ》らげてくれるかと思ったが、彼の顔は硬いままである。

なんとなくそんな予感はしていたが、彼がここにいた理由は、カフェオレを渡したかっただけではないのだろう。

するとと予想通り、俊一は廊下の奥を指で示し、声をひそめた。

「ちょっと、いいですか？　課長」

「昼休み終了まで数分しかないけど、佐々木君が大丈夫なら良いよ。午後の仕事開始時間にデスクが空いていて上司に怒られそうなら、あとにしたほうがいいと思うけど？」

「大丈夫です。すぐ済みます」

もしや昨夜の件か。そう思いながら、樹は俊一のあとについて行く。俊一が足を止めたのは、休憩スペースの奥だった。

昼休みが終わる数分前であるせいか、休憩スペースに人影はない。たまに自動販売機で飲み物を購入していく者はいても、わざわざ二人を気にはしなかった。

樹と向かい合い、俊一は深刻な口調で話し出す。

「あいつ……、奥さんですけど、今日朝からすっごく元気がないんですよ。午前の仕事が進まなくて、差し入れのお菓子も食べないし、十分に一回は溜息をついて、考えこんでばかりで……」

「そうか……」

樹は渚の様子を聞き、やはり指輪の件が気になっているのだろうと見当をつける。

——とはいえ、十分に一回は溜息をついているなど、俊一は渚をよく見ているものだと、不覚にも感心してしまった。

「やっぱり……、指輪のことを気にしているんですよね」

「多分ね。昼休みに川を眺めていたようだし」

「え？」

今度は俊一が驚く番だった。昼に渚が外出していたのは知っているが、お使いのついでに外で昼食をとってくるのだろうと思っていたのだ。

「川って……。課長、一緒だったんですか？」

「いや。俺は午前中ずっと出ていて、社へ戻る移動中にあそこを通ったんだよ。……そうしたら、渚がいた」

樹は、そのときの光景を思い出すように目を細める。

橋の欄干《らんかん》に腕を載せ、そこに顔を伏せていた渚。

彼女はおそらく、泣いていたのだろう。

「しばらくは、元気のない状態が続くだろうな。……大切な指輪だったから……」

「でも、その指輪のせいで、あいつはずっと自分の気持ちを課長に縛《しば》りつけたままになってたんですよね」

どことなく、俊一の口調が強くなる。樹は彼を見据えた。

「あの指輪があったから、あいつはずっと課長との約束を忘れることができなかったんだ。もしなければ、違う未来があったかもしれない」

「……なにが言いたいのかな？」

俊一がズボンのポケットに手を入れ、なにかを取り出す。彼はその手を広げて樹の前に差し出した。

それを見た瞬間、樹は目を瞠《みは》る。

――俊一の手に載っていたのは、あの指輪だったのだ。

プラチナのフラットタイプ。唐草《からくさ》の飾り彫りで、黄緑色の小さな宝石もはまっている。

樹の反応を確認し、俊一は再び指輪をズボンのポケットへ入れた。そして、声をひそめて話し出す。

「……昨日、おれはあいつから指輪をチェーンごと奪《うば》って川に投げました。ただ、飛んだのはチェーンだけだったんです。意識してチェーンだけを飛ばしたのではなく、引きちぎったときのまま指輪を握っていたので、それを離す前にチェーンだけ飛んでしまって……」

「それで、指輪が手元に残ったわけか」

「やりすぎかなって思って、指輪は投げてないって言おうと思ったんですけど……。あいつが、凄く取り乱して……。そこに課長がやってきた……。とてもじゃないけど口を挟める雰囲気じゃなかったんです。おまけに課長には『帰れ』って言われるし……」

「まあ、あの場合はな……」

樹は苦笑を漏《も》らす。帰れと言われたから、返さないまま帰ったんだとでも言いたいのだろうか。なんとも稚拙《ちせつ》な言い分だが、彼はもっと違う意図があって返さなかったのではないか。

「で？　それを見せつけたってことは、その指輪、渚に返してくれるんだろう？」

「はい、返しますよ。……ただ、課長次第ですけど」

条件が出されたことに、樹は自分の予想が当たったことを悟る。俊一は一瞬戸惑う様子を見せたが、意を決したように言葉を出した。

「この結婚……取りやめにしてください」

とんでもない条件にも、樹は表情を変えない。俊一を見据え、彼が早口で続ける言葉を聞いた。

「こんな、過去の約束に縛《しば》りつけられたような結婚、取りやめにしてやってください。あいつはこの指輪をもらってからの七年間、課長に縛りつけられていた。こんなものがなければ……今になって課長がわざとらしくそんな約束を持ち出さなければ、あいつはもっと、恋愛にも結婚にも自由があったはずだ」

「つまり……俺たちの結婚が気に入らないってわけだ？　結婚が、というより、結婚に至った理由がかな？」

「気に入りませんね。課長だって、昔の約束があったからあいつに目をつけただけでしょう。入籍も新居も、結婚式の準備だって、信じられないくらいスピーディーだ。事を急いで、あいつを逃げられなくするためだったんでしょう。……そういうの、凄くずるいです。あいつの気持ちをなにも考えてない」

「……そういう考えかたも、あるんだな……」

「そういうって……」

樹の態度は変わらない。指輪を目にしたときはわずかに驚いた様子だったが、そのあとは至って冷静だ。

それが気に入らないのか、俊一は少し苛立っていた。

「結婚をやめろ……か……」

樹は大きく息を吐く。刹那《せつな》、わずかに俯《うつむ》いたものの、ふっと口角を上げ俊一へ視線を戻した。

「いいよ」

「……は？」

「やめてもいい。指輪の約束を利用した、この結婚」

俊一は言葉を失う。

まさか、こんなにもアッサリと返事をされるとは思っていなかったはずだ。

彼の予想としては、怒り出した樹が掴みかかってくるか、情けない顔で指輪を返してくれと懇願《こんがん》するか、どちらかと考えていたのだろう。

「結婚を白紙に戻したら、渚は自由になれる。君は、そう考えているんだね？」

「……はい」

「そのとき君はどうするんだ。渚に告白するのかな。さっさと結婚を進めた挙句、すぐに不可解な離婚を申し出た男に傷つけられた彼女を慰《なぐさ》めるために」

もちろん、俊一はそのつもりなのだろう。

「――でも、無駄だ……」

無言で見つめてくる俊一に、樹は言葉を続けた。

「指輪を返してもらうために一度別れたとしても、俺はまた、渚にプロポーズをする」

その口調には、穏やかながら強い意思を感じる。俊一は言葉を出せないまま、ズボンの上からポケットの中にある指輪を無意識に握りしめた。

「君は誤解をしているよ、佐々木君。俺は、約束を利用して渚と結婚したわけじゃない。彼女が好きで、彼女が欲しくて堪らなくて、彼女を手に入れるために七年間待って、そしてプロポーズをした。……確かに、指輪の約束を利用はしたが、俺はたとえそれがなくても、渚にプロポーズしていたよ」

樹の脳裏に、七年前の渚がよみがえる。

プレゼントされた指輪を、泣きながら喜んでくれた渚。

愛しくて、すぐに腕を伸ばして抱きしめてしまいたいほど、かわいかった。

この愛おしい存在を、決して手放してはいけない――

彼は、全身でそれを感じていた。

「俺は、渚を手放すつもりはない。もし一度別れても、たとえ再度プロポーズしてふられても、何度でも渚にプロポーズをする」

樹は前を見据える。今の彼には、目の前にいる俊一の姿ももう見えてはいない。

見つめているのは、心の中に映る、愛しい妻の笑顔だけ……

「俺は子どもの頃から、渚だけを見つめ続けてきた。俺には渚しかいない。――渚しか、いらない……」

＊＊＊＊＊

午前は仕事がうまく進まなかった。

その分、午後から頑張らなくては。せっかく、残業なしで帰れそうなのだから。

「よーしっ」

オフィスへ戻った渚は、午後の仕事を始めるべくデスクの前で気合を入れる。そんな彼女の肩を、後ろを通りかかった課長がポンッと叩いた。

「おっ、張り切ってるなぁ。よしよし、その意気で、応接室にお茶を六人分頼むよ」

「ろ、六人分ですかっ」

「お茶三つ、コーヒー三つでね」

「は、はい……」

やる気に水をさされてしまった気分だ……

一人で用意ができない量ではないが、彩乃も一緒に給湯室へ来てくれた。

「コーヒーは面倒だからあたしがやるよ。渚はお茶ね。お客さん用の緑茶は美味《おい》しいから、ついでにあたしたちの分も淹《い》れちゃおうか」

悪戯《いたずら》っぽく笑い、彩乃は渚の頭を軽く叩く。

午前中、元気がなかったことを気にしてくれているのだろう。そしておそらく、渚が泣きはらした目をしていることにも気づいている。

（やっぱり、……わかっちゃうか）

目薬をさしたし、目元のメイクも直した。泣いた痕は隠したつもりだったのに、やはり親友は騙《だま》せない。

急須にお湯を注ぐと、ふわりと緑茶の良い香りが立ちのぼる。

続いて湯呑みに緑茶を注いでいたところ、「あれ？　どうしたの？」という彩乃の声が聞こえた。

大きめの靴音が近付いてくる。注ぎ終えた急須を持ったまま何気なく顔を向けた渚は、驚きに目を見開いた。

彼女の目の前に、急に大きな手が差し出されたのだ。

そこには、小さな指輪が載っている。プラチナのフラットタイプ。唐草《からくさ》の飾り彫りで、黄緑色の小さな宝石がついている。

——渚の、大切な指輪……

「……返すよ……」

渚の視線はそこに釘づけになる。

指輪を差し出している人物は、俊一だ。

「どうしてこれがここにあるのか。どうしておれが持ってるのか、理由は課長に聞いてくれ。きっと、ありのままを教えてくれる。それを聞いて、お前がおれを軽蔑《けいべつ》するか、もう顔も見たくないと思うかは……、自由だ……」

渚は呆然とするあまり手にしていた急須を落とす。壊れはしなかったが、横向きに転がってしまった。お湯が入っていなかったのは幸いだろう。

その急須を置き直そうという考えも、渚には思い浮かばない。彼女の視線も意識も、目の前の指輪に集中していた。

「疑うなよ……、間違いなく本物だから。お前が課長にもらった約束の指輪だ……」

苦笑する俊一。渚が目を見開いているばかりなので、本物なのか疑っていると感じたのだろう。

渚はそろりと手を伸ばして、彼の手から指輪を取る。そして、それを自分の手のひらに落として見つめた。

見ているうちに、目頭が熱くなってきた。嗚咽《おえつ》がこみ上げ、胸が詰まる。

両手で強く握りしめ胸にあてると、涙が溢《あふ》れ出す。渚は瞼《まぶた》を強く閉じ、俯《うつむ》いた。

「おれさ、それを使って、お前と課長を、別れさせようとしたんだ」

とんでもない発言だ。給湯室には彩乃もいる。それなのに俊一は、ただ淡々と渚に話しかけた。

「返してやるから別れろって、課長に言ったんだよ。そうしたらあの人、お前はどれくらい渚が好きなんだ。俺より上だったら考えてやってもいい、なんて、わけのわかんないこと言い出してさ」

苦笑混じりの声は続く。渚に俊一の表情は見えなかったが、わずかに混じる寂しそうなトーンから、泣きそうな表情になっているのではないかと感じた。

「……すっげえ、熱弁だったんだぜ。どれだけ渚を好きか、どれだけ想ってるか、どれだけかわいいか……。延々と語られてさ。敵《かな》わないからもう勘弁してくれって感じだよ。あの人、本当に〝旦那バカ〟だな」

悪口にも取れる言葉なのに、なぜだろう、渚には褒《ほ》めているようにしか聞こえない。

「あそこまで惚気《のろけ》られたら、まったく入りこむ隙がないだろ。あれだけ女にのめりこめるのって凄いと思う。ある意味怖い。下手に横恋慕《よこれんぼ》なんて考えるもんじゃないよな。あー、おっかねー……」

俊一の語尾が震えている。泣きそうになっているのか、それともこんな話をするのが恥ずかしいだけなのか、渚にはわからない。また、樹が本当にそこまで言ったのかもわからなかったが、何も言わずにいる。

渚は、彼の話を聞きながら、手の中にある指輪を見つめた。

指輪が、自分の手にある。自分のもとへ返ってきた。樹との思い出が、返ってきてくれた。

なによりも、渚はそれが嬉しい。

「ちょっと佐々木、あんたお茶持ってきてよ。あたしコーヒー持っていくから」

そこに、彩乃が割って入った。声もなく嬉し泣きにむせぶ親友に気を使ったか、それとも男泣き直前の同僚に気を使ったのかはわからない。

「ほら早く。遅れたらお客様に失礼よ」

そう言った彩乃は、台に置いてある湯呑みをトレイに載せる。彼女はそれを俊一に持たせ、彼の背を叩いて給湯室の外へ促《うなが》した。

「ほらほら、頑張れ、代役。……泣くなっ、あとでコーヒー買ってやるから」

「おっ……男前だな、お前っ」

「惚れるなよっ」

「頼まれてもごめんだ、アホっ」

二人の声が遠ざかっていく。指輪を握りしめ、渚はやっと顔を上げた。

胸にあてていた手をゆっくりと開き、そこにある宝物を見つめる。渚は口元をほころばせ、嬉しそうに呟いた。

「おかえり……」

ぽたりと涙が零《こぼ》れ落ち、指輪の上で弾けた。


渚は、午後からの仕事をとてもスピーディーにこなした。

それはもちろん、指輪が戻ってきた嬉しさが原動力になっている。

張り切る理由を知っているのは、同期二人のみ。彼らは幸せそうな彼女を温かく、そしてくすぐったい思いで見守ってくれている。

渚は、この喜びと興奮を、すぐにでも樹に伝えたかった。

だが今彼の前で口を開けば、感動のあまり大声でまくしたてて抱きついてしまう気がする。会社でそれはまずい。

渚は定時に上がり、樹と共にマンションへ帰った。

「樹君！　聞いて!!」

玄関へ入った瞬間、彼女は口を開き始める。そして飛びつくように樹に抱きついた。

「指輪、返ってきたんだよ！　嬉しい!!」

もちろん、樹はそれを知っているだろう。俊一と話をして、指輪を返したくなるほど惚気《のろけ》て彼を呆《あき》れさせたのは、樹なのだから。

それでも樹は、渚の話を笑顔で聞いてくれた。

彼女の口は夕食のあいだも動き続ける。そして、渚特製の親子丼で夕食を済ませた二人は、ソファに並んで座り、食後のコーヒータイムを取った。

ようやく口を閉じたものの、指輪を握ったまま、渚はニコニコと笑顔でいる。

自分用の甘くて薄いコーヒーを口にして、渚は肩をすくめる。

「夕飯、しばらく全然作れてなかったね……。本当にごめん」

「その話はもういいよ。忙しい時期は乗り切ったんだから、もう気にするな」

「うん……。ご飯作れなかったり、忙しすぎてちょっと悩んだりしたけど。仕事、すっごくやりがいがあったよ！」

「おっ、頼もしいな。これなら、また企画プロジェクトに加わっても大丈夫か」

「うん、でもね……」

張り切っていた渚の、声のトーンが落ちる。彼女は両手で持っていたマグカップを膝に置いて、ためらいがちに視線を下げた。

「企画プロジェクトに加わるたびにこんな感じなんじゃ、ちょっと考えちゃう。……忙しくても、樹君のご飯とかもちゃんと作れるくらいの余裕が持てるようになれれば、もっといいのに……」

「今回は、初めて中心になって動いたから余計に手間取っただけだ。慣れれば、渚の希望通りに両立させていくことができるんじゃないかな。企画課の先輩たちを見ればわかるだろう？」

「……うん」

確かに先輩たちは、今回のものよりも大きなプロジェクトを組んだって、こんなにバタバタしてはいない気がする。

自分たちにとっては、なにからなにまで一から始める形だった。

その分、経験しなくてはならないことがたくさんあったのだ。樹が言う通り、慣れたら、もっとスムーズに進められるだろう。

「そうだよね……。最初からストレートになんかできるはずがないものね。……うん、頑張るよ。企画課で成果を出すっていうのが、わたしの目標なんだから」

沈みかけた気持ちは、目標を思い出して再び浮上する。勢いづいた渚は、樹に顔を向けた。

「またチャンスがもらえたときも頑張るね。今回のこともあるし、次はもっとスムーズに進められる気がする。わたしには、最終目標があるしねっ」

最終目標――営業企画課で成果を出して、樹と同じ営業課へ異動を希望すること。渚は自分自身に確認させるみたいにそう口にした。

樹も、いつものように、よし頑張れと言ってくれるだろう。だが、なぜか彼は気まずそうな顔をした。

「それなんだけどな、渚……」

「なに？」

「渚の場合は……、企画課で成果を出して認められたら、おそらく企画課の主任試験を受けさせてもらえるくらいで、営業課への異動は無理なんだ……」

「え……、なんで……」

正直なところ、渚にはあまり出世欲というものはない。それよりも樹と同じ部署にいたいという願望のほうが大きいのである。

「実はな、渚。……うちの会社、夫婦、親族関係は同じ部署へ配属されないんだ」

「……は？」

「渚が営業に行きたいって目標は、俺と結婚した時点で、それは諦めなくちゃならなかったんだよ」

「だ、だって、樹君、わたしが目標を話したとき、なにも……」

渚は樹ににじり寄る。この目標を意気揚々《いきようよう》と話した際、彼はそんな事実を教えてはくれなかった。

すると樹は、申し訳なさそうに口を開いた。

「目標を話してくれたときは、渚も張り切っていただろう？　あそこで勢いに水をさすようなことは言えなかった。けど、事実は事実。規則は規則だ」

言い聞かせる樹を呆然と見つめ、渚はがくりと肩を落とす。

「そっかあ……、やっぱり、そういうのってあるんだ……」

なんとなく、そんな予感はしていた。樹と同じ部署へ行きたいと思いつつも、夫婦は同じ部署で働けないのではないかという冷静な考えもあったのだ。

樹に目標を話したときは、仕事を任されたばかりで張り切っていた。

あんなにやる気満々で話されれば、彼が事実を話せないのも当然だろう。

「仕事、やる気なくしたか？」

力をなくしてソファにもたれかかる渚に、樹が声をかける。仕方がないとはいえ、彼は今まで黙っていたことに後ろめたさを感じているようだった。

渚は膝で支えていたマグカップを口へ持っていき、こくこくと飲んでから鼻で大きく息を吐く。そして樹を見て、力強く笑ってみせた。

「なに言ってるのっ。仕事は続けるよ。こうなったら、企画課といったら近藤、って名前が出てくるくらい頑張るんだから」

頼もしい言葉を聞き、樹は渚の頭をくりくりと撫《な》でる。

くすぐったそうに笑顔で肩をすくめる彼女に、彼はさらにやる気の出る言葉をくれた。

「今月末のモデルハウスフェア、当日の現場担当に俺が入ることになった。渚たちの成果、活かしてみせるよ。よろしくな」

「えっ！」

渚は驚いて樹を見る。営業の人間をフェアの担当には回せないと、先日冷たく突き放されたばかり。手配をお願いしますと強気には出たものの、期待はしていなかった。

渚たち三人は当日の役割分担を仕切り直し、先輩たちにも話を聞いて、営業のノウハウを勉強し始めたところだ。

「だって……あの、営業からの担当は……」

「ああ、最初から俺が入るつもりだったんだ」

「……本当に？」

「うん、そのつもりでいたから、特に担当者を決める指示は出してなかったんだよ。……でも、それでちょっと、イヤな思いをしたみたいだな。主任に聞いたよ」

樹はくしゃりと渚の髪を混ぜ、苦笑いを浮かべる。あのとき最初に話しかけてきた主任は、例の女性課員に担当者の件を聞き、疑問を持ったのかもしれない。

そのあとのやり取りを聞いた上で、樹に報告をしたのだろう。

「結婚前と同じような思いをさせてごめん。でも、もう大丈夫だ。渚に八つ当たりした彼女も、反省してる」

「……本当に……」

「主任にいきさつを聞いたのが今日だったんだけど、それからすぐ彼女に事情を聞いた」

「な、なんて言ったの？」

まさか、嫉妬《しっと》で妻に嫌がらせをするなとでも言ったのだろうか。少々、公私混同である気もする。

すると樹はキリッと眉を上げ、仕事用の顔を作った。

「『フェアの担当選出はまだ行っていない。それなのに、独断で適当な回答を営業企画課に伝えたらしいね』……って」

「そ、それで……」

「物凄い勢いで謝ってたよ。渚のところまで謝りに行こうとしたから、とりあえず止めた」

「そうなの……？」

渚はまたしても呆然としてしまう。あんなに冷たい態度を取った女性が、渚にも謝ろうとしたという。それは、嫌がらせをした件が樹にばれて焦《あせ》ったからなのか。

渚の様子を見て、樹はクスリと笑う。

「奥さんにやきもちを妬《や》いてもしょうがないって、彼女だってわかってる。ただ、ちょっと八つ当たりしたかったんじゃないかな。仕事にも一生懸命で、本来は悪い人じゃない。許してやってくれ」

「う……うん……」

返事はしたものの、すぐに渚は拗《す》ねた顔をする。どうしたのかと首を傾《かし》げる樹に、彼女はポツリと不満を口にした。

「樹君が、女の人を庇《かば》った……」

珍しい渚のやきもちに、樹は嬉しそうに渚の頭を撫《な》でながら、髪をくしゃくしゃ混ぜる。渚は「ぐちゃぐちゃになるー」と片手を頭にあてて一緒に笑った。

「彼女、お詫《わ》びに披露宴《ひろうえん》の余興で手品をやってくれるって言ってたぞ」

「えっ？　ほんとっ？」

「大学時代、マジックサークルだったんだって。ほら、帽子からウサギとか出てくるやつをやってくれるそうだ」

「うわーっ、見たい、見たい！」

俊一に冗談で言った希望が、ひょんなところで実現してしまった。

ひとしきり盛り上がった二人は、改めてコーヒーを飲み、ひと息つく。

「それにしても嬉しいなぁ。まさか樹君が、フェアで営業担当として入ってくれるなんて。思ってもみなかった」

「同じ部署で仕事をすることはできない。でも、他部署同士、協力し合うことはできる。それこそ、企画の近藤の仕事を営業の近藤が担当すれば、必ず成果が出る、みたいな成績をあげていこうぜ」

「樹君……」

「今回のフェアで、渚と結婚するために鍛《きた》えた〝仕事人間〟の実力、見せてやるよ。――惚れ直すぞ」

マグカップをテーブルへ置き、渚は素早く樹に抱きついた。

「惚れ直すもなにも……。毎日もっともっと好きになってるのに！」

樹は笑いながら片腕で渚の身体を抱く。抱きつかれた勢いで零《こぼ》れないように、よけたマグカップをテーブルへ置き、改めて両腕で渚を抱きしめた。

「もーっ、樹君、大好き！」

「よしよし、かわいいなあ、渚。でも、フェアの仕事中に、あんまりカッコ良くて抱きついてくるなよ？」

「抱きついちゃうかもしれないから止めてね、って彩乃ちゃんに言っておく！」

「それなら佐々木君に言っておいたほうが、全力で止めてくれるんじゃないのか？」

「そうだね。……でも、また夫婦バカって言われちゃうよ」

接客や商談中の樹は見たことがない。フェア当日の楽しみの中に、仕事中の樹の姿が見られるという項目が増えて、渚はドキドキする。

「ああ、そうだ、佐々木君といえば……」

自分で口にして思い出したらしく、樹が俊一の話題に切り替える。

「まだ決定ではないけれど、……彼は、来年あたり営業に異動になるかもしれないな」

「えっ、佐々木君が？」

「彼は行動力があるし、今回の仕事ぶりも良かった。営業部にきて、地区担当者に話を聞く熱の入れようだったしな。俺も気になって見ていたんだ。だから、人事に軽く打診しておいた」

「そ、そうなの……？」

思い返してみれば、樹は俊一の仕事ぶりをよく観察しているところがあった。営業部に欲しい人員として、目をつけていたということなのだろう。

出世してやるーっ、などと冗談で言っていた俊一。もしやこれは、冗談ではなくなるかもしれない。

同僚の明るい未来に、渚の心も弾む。そのまま、ちょっと樹をからかってみた。

「そうかあ、頑張ってほしいよねぇ。でも……、もしかして樹君さぁ、佐々木君がわたしと仲が良いから、企画課から異動させてやるとか目論《もくろ》んで、営業に推薦したんじゃないの？　もーっ、樹君はぁ。たまにずるいこと考えるんだからあっ！」

もちろん、ただの軽口である。渚はアハハと笑いながら樹を見た。

――しかし……

さっきまで笑っていた彼が真顔になっている。

その顔を見て、まさか、と笑うのをやめてしまった渚。そんな彼女に、樹はニヤリと意地悪な笑みを見せたのだ。

「……営業に来たら、泣くほどしごいてやる……」

「いっ、いつきくんっ！」

「楽しみだなぁ……。佐々木君は骨がありそうだから、本当に楽しみだ」

「いつきくんっ！　苛《いじ》めちゃ駄目だからね！」

大切な同僚のピンチである。渚は慌てて樹の胸を掴み、シャツを大きく揺すった。

すると彼女の反応を見て、樹がクッと笑いで喉《のど》を震わせる。

「バーカ、そんなことするか。これでも部下の面倒見が良くて有名なんだ」

「よ、良かったぁ……」

「なんだよ渚、そんなに庇《かば》うとやきもち妬くぞ」

「本人のためにも、しごいてあげてくださいっ、課長っ」

渚はおどけて敬礼をし、樹に同僚の未来を託す。

もしかしたら来年あたり、愛しい旦那様の近くで奔走《ほんそう》する、同僚の姿が見られるのかもしれない。

「ところでさ、渚」

「なに？」

なんとなく雰囲気が変わったのを感じ、渚は小首を傾《かし》げる。すると、さっきから握りしめたままの右手を、樹につつかれた。

「いつまで手に持ってるんだ？」

渚が手を開けば、離すことなく手の中に入れていた指輪が現れた。

「握りしめているぐらいなら指にしたらどうだ？　指輪なんだぞ」

「指にしたことなんてないんだもん。もったいなくて」

「それでずっと、ペンダントトップみたいにしていたのか」

「指に着けて歩いたら、傷付いちゃうかもしれないし、汚れちゃうかもしれないでしょう？　それがイヤだったの」

「本当に大切にしてくれていたんだな。ありがとう」

樹は渚の頭を抱き寄せ、ポンポンとする。もたれかかったまま、渚は上目遣いに彼を見た。

「そういえば、樹君って、どれだけ佐々木君の前で惚気《のろけ》たの？　佐々木君、ちょっと呆《あき》れてたよ？」

「惚気たんじゃないぞ。本当のことを言っただけだ」

「『かわいい』を連呼したとか？」

「かわいくてかわいくて、いっときも離れたくないとも言った。いっそ渚の血液になって身体中駆け回りたいって」

「ちょ……ちょっと変な人だよ、それっ」

焦《あせ》る渚の頭を撫《な》で、樹は楽しげに笑う。血液は冗談だろうが、きっと似たようなことを言ったに違いない。

「まあ、惚気《のろけ》るだけ惚気てやったからな。きっとバカップルならぬ、バカ夫婦とか思われてるかもしれないいな」

「わたしはそこまで惚気たことない。……と思う」

「惚気ろよ」

「なにそれ。……今度ね」

渚はふいに、俊一が樹を〝旦那バカ〟と言っていたことを思い出し、ニヤニヤしてしまった。

「なにニヤついてんだ。やらしぃな」

すると、顎《あご》をすくわれ彼を大きく仰《あお》がされる。締まりのない口元を隠せないまま、渚は誤魔化し笑いをした。

「渚……」

樹が眉を寄せる。もしや一人でニヤニヤしていたので、気分を悪くさせてしまっただろうか。

渚がドキリとした次の瞬間、樹は両腕で彼女を抱きしめて身体を揺すった。

「あー、もうっ、ニヤニヤしててもかわいいぞっ」

「い、いつきく……」

「ほんと、いっそ酸素になってお前の身体の中に入りたい！」

「樹君！　それ危ない人！」

揺すっていた腕を止め、樹が渚を見つめる。さっきまでニコニコとしていた彼の目が真剣なものに変わっていたので、渚はまたもやドキリとした。

「入りたいな……。渚の中……」

「え……それは、そういう意味……？」

渚は一応確認を取る。「もちろん」と囁《ささや》いた樹はチュッと音をたて、渚の耳元に甘い声と唇を落とした。

「……風呂、一緒に入る？」

「うん……」


一緒に入浴をしたのは良いものの、気分が少々昂《たかぶ》っているため、湯船でゆっくりと温まるどころではなかった。

渚の身体を樹が洗っているが、二人とも身体の内側から体温が上がっているようだ。

胸のふくらみを覆《おお》った手のひらが、つるりつるりと乳房を弾く。そのたびに乳首が擦られ、いつもの愛撫《あいぶ》とは違う感触に、渚は悶《もだ》えた。

「んっ……ぁんっ、樹く……」

洗い場のマットに座らされた彼女は、樹が身体を洗ってくれるのに身を任せている。最初はたっぷりと泡立てたボディスポンジで洗ってくれていたのだが、途中から渚の身体を撫《な》でるのは彼の両手になってしまっている。

彼は彼女の後ろから手を回し、両胸のふくらみと秘部を洗っていた。

「いつきく……ん……、まだ？　ぁ……あんっ……」

「うん、まだ」

渚の切ない喘《あえ》ぎは却下される。秘部をまさぐる彼の指は、絶えず花芯《かしん》を擦り続けていた。

「なかなか取れないんだ……。この、とろとろしたもの……」

「んっ、あっ……ムリぃ……あンッ」

ボディスポンジで洗ってもらっている時点で、渚は胸やお尻を撫《な》でられるたびに腰の奥がずくんと重くなっていたのだ。スポンジが手に代わって全身を撫でられ、つるつると乳房を弾かれ、自分でも足の間が大変なことになっているという自覚があった。

それを取ろうとしている、……という素振りを見せつつ、樹の指は確実に渚が感じる部分を攻めてくる。

「出てくるところも洗ってやんないとな」

つぷっと、指先が蜜口をふさぐ。本当に内側を洗おうとするかのように、指の腹が入り口をこすった。

「あ……やっ、ダメっ……」

「中に溜《た》まっているの、出さないと綺麗にできないだろう」

指が深く挿《さ》しこまれる。ぐちゃりと泥濘《ぬかるみ》が花芯に広がるが、それが泡であるのか押し出された蜜であるのか、渚には見当もつかない。

入り口と同じように、中で樹の指が大きくぐるりと動く。その刺激に腰が震え、渚の背筋が伸びた。

「綺麗になったかな……。そろそろ、入っていいか？　俺、もう限界」

胸のふくらみを弾いて遊んでいた手が、下から乳房を掴み上げる。きつく背中に抱きついてきた樹の熱く昂《たかぶ》ったものを感じ、渚は控えめに答えた。

「い……いいよ……、入って……」

指を抜かれた瞬間、内股に力が入る。渚の背から離れシャワーヘッドを手に取った樹がコックをひねると、すぐに温かいお湯が身体を包んだ。

肌を覆《おお》っていた泡を洗い流され、秘部にシャワーを向けられる。お湯をかけているだけではぬめりは取れないらしく、樹は指を使って、また感じるくらい丁寧にそこを綺麗にしてくれた。

もしかしたら、このままバスルームで挿入されてしまうのでは……などと、刺激的な考えが渚の頭に浮かぶ。

そうなってもおかしくはないムードだが、渚はベッド以外で愛された経験がない。

戸惑いと期待に鼓動《こどう》が弾む。しかし、シャワーを止めた樹は、先にドアを開けると彼女を姫抱きにしてバスルームを出た。

それも、身体も拭《ふ》かないまま寝室へ向かったのである。

「も、もうっ、樹君っ。床が濡《ぬ》れちゃうでしょうっ」

渚は、淫《みだ》らなことを考えた自分が恥ずかしくなる。それを誤魔化そうと、密かに期待をさせた彼を責めた。

「廊下も絨毯《じゅうたん》も、あとで拭かなくちゃ……」

「ごめん、そのときは手伝うよ」

しかし床くらいで文句を言っている場合ではない。なんといっても樹は、その濡《ぬ》れた身体のままベッドへ倒れこんだのだから。

渚に覆《おお》いかぶさり、すぐに迫ってくる唇。音をたてながら吸い付き、舌が絡《から》む。

彼が性急に求めているのがわかる。樹は宮棚の引き出しに手を伸ばした。

「本当に、冗談抜きで家中の色んなところに置いておこうか……。これ」

渚の目の前で、樹は取り出したコンドームの封を切る。装着のために上半身を起こした彼の顔を見つめて、渚は照れ笑いをした。

「前も言ってたよね。それ」

「そっ。さっきみたいに限界を感じたときもそのまま風呂でできるし」

「……着けないでするのかと思った」

言っているうちに恥ずかしくなったのか、渚の声が小さくなる。

夫婦なのだし……という気持ちと、だからといって、いつもそのままでは……というふたつの思いが入り混じり、なんとも複雑だ。

すると、渚の膝を立たせて腰を進めながら、樹が同じことを口にした。

「夫婦だし、いいかな、っていうのもあるけど。やっぱり、そのあとで起こりうることの可能性を考えておかなきゃならないだろう？」

「可能性……、あっ」

家族が増える可能性。それを思って頬が熱くなる。赤くなったそこを、樹の指がつついた。

「いきなりできちゃったら、渚、慌てるだろう？　渚はテンパリやすいし、ちゃんと心構えができてからのほうがいい」

「樹君……」

自分のことを、樹はこんなにも考えていてくれている。渚は胸が熱くなった。

すると、樹は彼女に軽く覆いかぶさり、ちょっとずるい顔をしたのだ。

「でも、たまには、そのままの渚を感じさせてくれよ？　昨日みたいに」

「もうっ、いいこと言ったあとなのにっ。……でも、もちろんいいよ、大好きな旦那様だもん」

一度怒ったふりをしたものの、渚はすぐに笑って樹に抱きついた。

それと同時に、挿入感が襲ってくる。ゆっくりと埋めこまれる滾《たぎ》りは、根元までピッタリと密着したところで止まった。

「温かいな……渚……。本当にお前は、身体も気持ちもあったかいよ……。かわいくて……大好きだ……」

「樹君……」

彼の囁《ささや》きに、渚の気持ちがとろける。嬉しさが腰の奥を走り、足の付け根がぴくぴくと動いた。

それに合わせて樹も腰を震わせる。

「さっき洗ってきたのに、くちゃくちゃしてるぞ」

「も、もうっ、エッチだなぁっ」

せっかく良いムードだったのに。

しかし挿入感がスムーズであった上に、花芯《かしん》が泥濘《ぬかる》んでいるのが自分でもわかる。感じ続けていたのは明白なので、文句も言えない。

「樹君に優しくされると、気持ち良いの……。凄く、嬉しくなって……」

単純だが、嘘ではない。彼の言葉や仕草のひとつひとつが、渚の気持ちを昂《たかぶ》らせて悦《よろこ》びをくれる。

「大事な奥さんだからな。たくさん悦ばせてやらないと……」

そう言った樹が腰を引き、繰り返し深く浅く抽送《ちゅうそう》を始める。

片手で乳房を大きく揉《も》まれ、ぷくりと立ち上がっていた乳首を指の腹でくりくりと押し潰《つぶ》された。

「い……つ……、あっんっ、んっ……」

堪らず両足が、シーツをさまよい、自分から腿を大きく広げてしまう。渚の片足を腕に取り、樹は上半身を起こして腰の動きを速めた。

「たくさん悦ばせてかわいがってやる……。渚……、一生離さないから……」

「あ……ああっ！　いつきくっ……んっ！」

片足だけを肩に預けられ、ひと突きひと突き力強く挿《さ》し貫《つらぬ》かれる。

全身に広がっていく快感に耐えようと、渚は両手でシーツを握った。

「あっ……ああ、や……ぁあっ……、激しっ……あっ！」

渚は揺さぶられつつ、身体を横にひねる。樹は上を向いた彼女の肩を押さえ、深く腰を打ちつけた。

身体の奥まで彼に埋められていく快感が、渚をとろかす。このままシーツの中に沈んでしまうのではないかと思うくらい、とろりとした甘さが全身を包んだ。

肩から離された樹の手が、大きく揺さぶられて上下する胸のふくらみを掴む。撫《な》でるように揉み、抱えている足ごと身体を倒して乳首を舌でくすぐる。

やがて、彼が上体を倒したことで、彼女を翻弄《ほんろう》する滾《たぎ》りがさらに奥深く侵入した。切っ先が最奥の壁を何度も掻《か》き、そこから全身に走る刺激的で甘い電流に、渚は身体を引《ひ》き攣《つ》らせる。

身体が愉悦《ゆえつ》をいっぱいに取りこみ大きくうねる。渚は強くシーツを握りしめて口元へ持っていった。

「いっ……い……、あぁっ！　ダメぇっ……あぁんっ！」

彼女の状態がわかったのか、樹は渚を仰向《あおむ》けにする。肩に抱えていた足を下ろして、覆《おお》いかぶさった。

「イク？　気持ちいいか、渚……」

「う……ん、うんっ……、気持ちい……ィ……、あんっ、んっ……！」

悦びを口にする彼女にキスをして、樹は乱れ動く身体を抱きしめる。直後、激しい抽送で彼女を絶頂まで導いた。

「いつきく……んっ……！　あぁぁっ――！」

目の前が白くまたたき、全身が大きな波にさらわれる。

とろりとした陶酔《とうすい》の中で、渚はこの幸せをくれる最愛の人を、両腕で強く抱きしめ続けたのだった——


「べちゃべちゃだよ……」

触っていたシーツから手を離して、渚はくすくす笑いながら樹の胸に頭を置いた。

「ダブルベッドで良かったな」

乱れに乱れた渚の髪を撫《な》で、樹も笑う。

二人で絶頂を迎え、その余韻《よいん》に浸《ひた》っていたのは良いが、落ち着いてくると湿ったベッドを冷たく感じ始めた。

二人とも、身体も拭《ふ》かずにバスルームを出てベッドへ入ったのだから、当然だ。

ベッドの中央ではなく、少々片側に寄って愛し合っていたのが幸いした。もう片側はかろうじて無事だったので、二人はそそくさと濡《ぬ》れていない側へ移動したのだった。

「樹君が身体を拭いてくれないからだよ」

「しょうがないだろう。我慢できなかったんだから」

「樹君って、すっごく大人だと思ってたけど、ときどき堪《こら》え性《しょう》ないよね」

「渚に関してはな」

撫でられていた髪をクイッと引っ張られる。渚が「痛いよぉ」と文句を言うと、すぐにまた撫でてくれた。

「濡らしちゃった床を拭くのもそうだけど、濡れたベッドも乾かさなくちゃね」

「蒲団乾燥機をかければいいんだろう？　あとシーツ替えて……。じゃあ、こっちは俺がやってやるよ」

「わーっ、樹君、良い旦那様」

「だろ？　結婚して良かったな。有難がれ」

「なにそれーっ」

渚は彼の態度に笑い声をあげ、自分の頭を置いている胸をぱちんと叩く。

だが、渚はすぐに叩いた肌を撫で、控えめな声を出した。

「でもね……。結婚して良かったとは、心から思うよ。……こんなに大切にしてもらえて、幸せだよ、わたし……」

「大好きな渚と結婚したくて、色々と苦労したからな。……俺だって、嬉しくて堪んないよ」

「苦労？」

渚は顔を上げ、きょとんと樹を見る。結婚する際の苦労とはなんだろう。考える限りでは思いつかない。

指輪の約束からのプロポーズは、渚も樹が大好きであったこともあり、なんの問題もなかった。

二人で迎えた初めての夜もうまくいっている。その後、両親のことも新居のことも、なにもめずにアッサリ入籍に至った。

俊一の件はあったが、解決した今となっては、大きな問題ではなかったはずである。

いったい、どこに彼が言う苦労があったのだろう。

すると、渚の頭を撫《な》でながら樹が話し始めた。

「俺さ、七年前に渚が指輪に感動して、初任給で一生思い出に残るものをプレゼントするって言ってくれたときに、七年待って渚にプロポーズしようって決めたんだ」

渚は彼を見つめたまま、その話に聞きいる。

「でさ、実は俺、その翌日には渚の父さんに、七年経って渚が社会人になったら、渚を嫁に欲しいって言ってあったんだ」

「ええっ！」

突拍子もない真実を聞かされて、渚は驚きの声をあげる。

プロポーズをしてくれたとき、樹が父にはすでに渚を嫁に欲しいと言ってある、ということを言ってはいたが、それはお酒の席かなにかで、冗談半分にされた話なのかと思っていた。

まさか、そんな前からだったとは……

「凄く勇気が必要だったんだぞ。心臓バクバクしてたよ。お義父《とう》さんは、渚をとてもかわいがっている人だしさ、言いに行ったとき、渚はまだ高校一年生になったばかりだったし。ふざけるなって怒鳴られるんじゃないかって」

「……お、怒られた？」

当時の渚の歳を考えれば、普通の親ならば怒るだろう。渚の父は気性の荒い人物ではないが、娘をかわいがっている分、樹の申し出に悩んだに違いない。

それこそ、ひと悶着《もんちゃく》あったのでは……

「怒られる前に言ったんだよ。『どうやったら許してくれますか。どういう男になれば、七年後、渚にプロポーズしてもいいですか』って」

おそらく樹も、怒鳴られる覚悟くらいはしていたのかもしれない。

「……そ、それで……？」

「凄いことを言われた。七年間、渚だけを想い続けること。そして、仕事に情熱を注いで、そのときまでに社会での肩書きを持った男になっていること。……って。まあ、早い話が、出世してろ、って話だ」

「肩書き……」

「だから、俺は必死になって仕事をした。新人の頃から残業も厭《いと》わなかったし、商談で引いたことなんかない。そのうち骨があるって上から目をかけてもらえて、うまいこと主任試験にも合格した。公共事業の契約を勝ち取るために、仕事人間で面白味がないなんて陰で言われるほど仕事をして……、課長になった」

渚は言葉が出なかった。

樹は、社会人になってからつきあっている女性がいる雰囲気はなかった。忙しいせいかと思っていたが、父から『渚だけを想い続けること』という条件を出されていたならば当然である。

そして、生真面目すぎるほどの仕事への意欲。

だがそのあと、彼は出世し、エリートコースに乗った。

それはすべて、渚のため……

渚の父に、彼女が社会人になったときプロポーズをする許しを得るためだった。

「お義父《とう》さんたちが旅行に行く前日、まあ、給料日の前、お義父さんには言ってあったんだ。明日プロポーズしますから、って。……『樹君なら、大丈夫だろう。渚を頼んだよ』って言ってもらえたとき、男泣きしそうになった」

一人娘の渚をかわいがっていた父。

樹と一緒に結婚の報告をした際、やけにアッサリと承諾をした陰には、こんな事実があったようだ。

七年前に樹が渚への気持ちを語ったときは、父も樹がいっときの感情で言っているか、半分冗談か、としか思っていなかったに違いない。

しかし指定された七年間で、樹は父から出された条件を、見事にクリアしたのだった。

認めざるを得ないだろう。そこまで強く娘を想い続けた男との結婚を、渚自身が望んだのだから。

「前々から、不動産部の同僚に部屋を厳選しておいてもらって、新居用の家具なんかも、迷わないように渚好みのショールームを見つけて見当をつけておいた。もちろん、引っ越し業者にも話は通してあったんだ。だからほら、全部スムーズだっただろう？」

種明かしをして楽しげに笑う樹。その声を聞いても、渚はなかなか笑えない。

事がスムーズに運びすぎるとは思っていたが、まさか裏で、こんな算段が組まれていたとは……

「ん？　どうした渚。鳩《はと》が豆鉄砲喰らったようなまん丸い目をして。かわいいぞ」

「か……かわいいって言えばいいと思ってぇ……。もうっ、樹君ってば！」

渚は声を荒らげてがばっと起き上がり、彼を睨《にら》みつける。だが、樹は「ん？」と悪気なく極上の微笑みをくれた。

「樹君は……いつきくんはぁ……」

――涙が出そうだ……

この愛おしい旦那様は、なんて素敵なことをしてくれていたのだろう。

「もう……大好き!!」

がばっと抱きつき、渚は彼の上でバタバタと暴れる。

「俺も、大好き！」

そんな渚を、樹がギュッと抱きしめる。激しく暴れたせいか、宮棚に載せていた指輪が枕の上にぽとりと落ちてきた。

指輪を手に取り、渚は初めて指にはめる。

左手の薬指に、結婚指輪と一緒に。

それを顔の横にかざし、渚はにこりと微笑んだ。

「大切な思い出、傷付けないように首にかけておきたいから、丈夫なチェーンを買ってね。〝あなたっ〟」

幸せな気持ちのまま、悪戯《いたずら》っぽく口にした言葉。

さすがの樹も照れてしまったようだ。ちょっと目を見開き、それから嬉しそうに、渚が大好きな顔で微笑む。

「任せろ。前よりも何倍も太いやつを買ってやるよ」

指輪を見つめながら、二人の幸せな笑い声が響き渡った。

エピローグ

木々の緑に落ちる陽射《ひざ》しも、幾分和《やわ》らいだ八月末日。

今日は樹と渚の結婚式が行われる。

会場は、二人が初めて夜を共にしたホテル、『シフォン・ヴェール』だ。

ホテルの名物となっている天空チャペルで挙式を行ったあと、披露宴《ひろうえん》は中庭でのガーデンパーティー。

今日の明け方まで雨模様が続いていたため、やむ気配が見られなければホールでの披露宴に切り替わる予定だった。

「晴れて良かったな」

新婦用の控え室から窓の外を眺め、樹がちょっと眩しそうに目を細める。

雨は朝のうちに上がった。雨のあとの陽射しは少々独特で、特別明るく感じる。この清々《すがすが》しい空気は、今日という日にピッタリだ。

「雨上がりのせいか、陽射しが眩しいな。雨が降ったあとの晴天は、気持ちが晴々としていいものだよな」

窓から見える木々には、所々に雨の雫《しずく》が残っている。そのせいか、陽射しが反射してさらに清々しさを増しているような気がした。

何気ない天気の話を口にして、樹はなにかに気づいたように「ああ……」と声をあげる。

そして、極上の微笑みを湛《たた》えて渚のほうに振り返った。

「それよりも、もっと眩しいのは渚だけどな」

「え？」

彼の視線の先には、ウエディングドレス姿で姿見の前に立つ渚がいる。

控え室の中には二人きり。様子を見にきた樹に気遣って、渚に付いていた担当者もプランナーも部屋を出てしまった。

「雨上がりの陽射しより、渚が一番眩しいよ」

「樹君……」

彼の言葉に照れた渚は、嬉しそうにはにかみ、樹に近寄った。

「お、おかしくない？　なんとなく、試着のときとイメージが違うような……」

「そんなことないよ。試着のときよりもずっとずっと綺麗だ」

「ド、ドレスが？」

「渚が」

そんな言葉を口にして、樹は渚を見つめた。

彼女のウエディングドレスは、Aラインのノースリーブタイプ。レースとフリルで飾られたハートネックがとてもかわいらしい。ローウエストで切り替えられたレースのティアードスカートは、上品さが窺《うかが》えるデザインだ。

右腰と左肩を彩るのは、ドレスと同じ素材の光沢ある花のモチーフ。

いつもは下ろしているミディアムロングの髪はツインテールに結い上げられ、ボリュームを持たせてくるくると巻かれている。そこに花飾りとティアラが載っていた。

まるで人形のようにキュートな仕上がりだ。

樹に褒《ほ》められて、渚は安心する。どれだけ周囲に褒め言葉をもらっても、自信が持てなかったのだ。やはり、愛しい人からのひとことは偉大である。

「い……樹君も、素敵だよ。試着のときより、ずっと」

褒められたお返し、というわけではない。

今日の樹は、いつにも増して素敵に見える。

渚に合わせて、彼の衣装はホワイトモーニング。白という色もそうだが、生地やアスコットタイにしても、いつものスーツ姿とはまったく印象が違う。

「な、なんか……、王子様みたい……」

本当にそう思ったとはいえ、口に出すと恥ずかしい。恥じらい視線を下げていく渚の顎《あご》をすくい上げ、樹が微笑む。

「そうだな、間違いじゃない。渚は、俺のお姫様だから」

渚の胸の鼓動《こどう》がどきんと大きく高鳴った。結婚式という特別な日だからだろうか。見つめられると、いつも以上にドキドキが止まらない。

「だけど、その大事なお姫さまがこんなにかわいいと、大勢の前に出すのがもったいなくなるよ」

「もう、樹君。また旦那バカって言われるよ？」

「ああ、言われるくらい張り切らないとな。二階から中庭まで、渚をお姫様抱っこしていく予定なんだから」

「あの階段の話……、本当になっちゃったね」

二人は同時に思い出し笑いを浮かべる。

あれは二人が、このホテルへ食事にやって来た日。

ロビーから二階へ上がる大きな階段をのぼりながら、嫁さんをお姫様抱っこして下りたらかっこいい、などと話していた。

今日はその階段を、天空チャペルでの挙式が終わったあと、二階から樹が渚を姫抱きにして下りる予定なのである。

結婚までの段取りを完璧に仕組んでいた彼といえど、まさか階段の件までは予定に入れていなかっただろうとは思うのだが……

(樹君のことだもの。わかんないよね)

渚は緩みそうになる口元を誤魔化すため、さらににっこりと笑って見せた。

「それにしてもさ、渚」

「なに？」

「本当に、それをしたまま式に出るのか？」

樹が指をさしたのは渚の胸元。そこには、プラチナのチェーンに通された思い出の指輪がある。

渚が金属に敏感な肌質であるため、ドレス用として貸してもらえる煌《きら》びやかなデザインのアクセサリーは着けられない。幸いドレス自体のデザインが華やかであるため、大人しめのパールでも充分に栄《は》えた。

そのパールのネックレスと一緒に、渚はチェーンに通した指輪を鎖骨の中央に輝かせているのだった。

「式のときは外してもいいんじゃないのか？」

「ううん、駄目。これはわたしと樹君の大切な思い出だもん。外せないよ。それにね……」

渚は指輪をつまみ、見てとでもいうように樹へ向ける。

「これに、小さな宝石がはまっているでしょう？　これ、なんていう宝石か、樹君知ってる？」

指輪に埋めこまれているのは、小さな黄緑色の宝石。緑っぽいということで、なにも言わなければエメラルドと間違われてしまいそうではあるが、それよりもクリアな黄緑色だった。

指輪に顔を近づけ、樹はその色と形を確認して考えこむ。彼は背を正して腕を組むと、思い出したことを口にした。

「確か八月の誕生石だ。渚の誕生月が八月だからと思ってそれにしたんだよ。なんていったっけ……、ペル……ペリ……？」

「ペリドットだよ」

「そうそう、そんな名前だった。聞いたときは珍しい名前だなって思って覚えていたんだけど、忘れていたよ」

久々に確認した、思い出にまつわる名前。少しはしゃいだ樹は、笑って指輪を指で弾く。

「誕生石だから着けていたいのか？　かわいいこと考えるなぁ、渚は」

「違うよ。……あれ？　樹君、知っていて選んだんだと思ったんだけど……。違うの？」

「なにが？」

「宝石言葉。……準備の良い樹君のことだから、そこまで調べてたのかなって思ったのに」

「宝石言葉……って、なんだ？」

樹は少々眉を寄せ、訝《いぶか》しげな顔をする。

「ほら、花言葉ってあるでしょう？　同じように宝石にもひとつひとつ石に関係する言葉があるの。……とはいっても、ペリドットの宝石言葉を知ったのは、わたしもつい最近なんだけどね。知ったら、よけいに手放せなくなっちゃった」

「なんていうんだ？」

渚は幸せそうに微笑み、口を開いた。

「あのね、〝夫婦の幸福〟って、いうんだよ」

樹が目を見開く。だが彼はすぐに渚と同じく嬉しげに微笑み、彼女の腰を持って高い高いするみたいに持ち上げた。

〝夫婦の幸福〟。

まるで、この指輪を贈り贈られたときから、二人の未来を暗示していたかのよう――

「愛してるよ。渚」

「わたしも、愛してる。樹君」

唇が重なり、雨上がりの陽射《ひざ》しが愛し合う二人を包む。

窓から見える木々に残る雨の雫《しずく》が、これからの二人を祝福するかのように、葉の緑を取りこんでペリドット色に輝いた――

甘いトモダチ関係
漫画 はちくも りん
原作 玉紀 直
Comic By Rin Hachikumo
Original Work By Nao Tamaki
友達関係から始まる
大人のラブストーリーが
待望のコミカライズ！
大好評連載中！
(毎月第1金曜日更新)
私はずっと
征司と友達でいたいよ!!
じゃあ試しにセックスしてみようぜ
っ…やぁっ!!
当てちゃ…ダメッ…んっ
ETERNITY WEBMANGA
エタニティWEB漫画！
無料で読み放題！
他にも人気漫画が多数連載中!!
今すぐアクセス！
エタニティ Web漫画
検索

～大人のための恋愛小説レーベル～

ETERNITY
エタニティブックス

ETERNITY エタニティブックス Rouge

彼から逃げた罰は甘いお仕置き!?
君に10年恋してる

エタニティブックス・赤

有涼《うりょう》 汐《せき》

装丁イラスト／二志

社内恋愛していた恋人に振られてしまった利音《りね》。その上、元彼から嫌がらせまでされるようになり、会社を辞めて転職することに。そんなある日、同窓会で学生時代に女子から大人気だったイケメンの狭山《さやま》に再会し、お酒の勢いで彼と一夜を共にしてしまう。翌朝、後悔した利音はその場から逃亡したのだけれど、転職先でなぜか彼と遭遇《そうぐう》してしまい――!?

※エタニティブックスは大人の女性のための恋愛小説レーベルです。ロゴマークの色で性描写の有無を判断することができます（赤・一定以上の性描写あり、ロゼ・性描写あり、白・性描写なし）。

詳しくは公式サイトにてご確認ください。
http://www.eternity-books.com/

携帯サイトはこちらから！

玉紀直（たまき なお）
2008 年よりネット小説を書き始め、自身のサイトや電子書籍などで作品を発表している。2013 年 11 月に出版デビュー。「純愛からちょっとエッチな大人の恋愛までを楽しんでもらいたい」をモットーに、恋愛小説を執筆している。
HP「恋愛 museum」
http://naotamaki.blog129.fc2.com/

イラスト：おんつ

溺愛幼《できあいおさな》なじみと指輪《ゆびわ》の約束《やくそく》

玉紀直（たまき なお）

2015年 12月25日初版発行

編集－反田理美・羽藤瞳
編集長－塙綾子
発行者－梶本雄介
発行所－株式会社アルファポリス
〒150-6005 東京都渋谷区恵比寿4-20-3 恵比寿ｶﾞｰﾃﾞﾝﾌﾟﾚｲｽﾀﾜｰ5F
TEL 03-6277-1601（営業） 03-6277-1602（編集）
URL http://www.alphapolis.co.jp/
発売元－株式会社星雲社
〒112-0012東京都文京区大塚3-21-10
TEL 03-3947-1021
装丁イラスト－おんつ
装丁デザイン－ansyyqdesign
印刷－中央精版印刷株式会社

価格はカバーに表示されてあります。
落丁乱丁の場合はアルファポリスまでご連絡ください。
送料は小社負担でお取り替えします。

ISBN978-4-434-21437-0 C0093